RIVENDICAZIONE BRUTALE

LEE SAVINO

TABITHA BLACK

CAPITOLO EXTRA ESCLUSIVO!

Vuoi leggere ancora di Kim e Aurus? Iscriviti alla newsletter di Pianeta dei re QUI (https://geni.us/omegaversefreebieIT) e ricevi come bonus speciale una novella che non è disponibile da nessun'altra parte!

Cosa dai a un re che ha tutto? Kim ha un'idea...

RIVENDICAZIONE BRUTALE

Aurus:
Il re supremo di Ulfaria non ha bisogno di presentazioni. Ciò di cui ho bisogno è un'omega.

E ora, ne ho trovata una: Kim. È piccola e perfetta, come sapevo che sarebbe stata.

Esigerò la sua obbedienza, poi creerò per lei il nido perfetto e le permetterò di generare i miei eredi.

Promette di sfidarmi, ma in un modo o nell'altro si sottometterà.

Kim:
Non sa cosa l'aspetta.

～

Libro 2 della serie *Il pianeta dei re*

1

KIM

Dev'essere successa una catastrofe. Il problema è che non ricordo niente.

La mia bocca sa di terriccio in decomposizione, sento una sorta di ruggito nelle orecchie e ho come la sensazione che dei piccoli rompighiaccio mi vengano ripetutamente conficcati nelle tempie.

In altre parole, sto di merda.

Cerco di aprire gli occhi, ma l'improvviso dolore accecante mi costringe a richiuderli immediatamente. Dove sono? Cos'è successo?

Sondando la mia memoria, cerco di capire dove e quando sono stata sveglia l'ultima volta. Niente da fare. A pensarci bene, nella mia memoria ci sono più buchi che ricordi reali.

Ieri sera deve esserci stata una festa pazzesca.

Provo ad aprire di nuovo gli occhi, questa volta con cautela. Sbattendo le palpebre furiosamente, piano piano mi abituo alla luce. Non è brillante come pensavo all'inizio.

Il soffitto sembra... insolito. Decorato. Alto. Molto, molto alto.

Dove diavolo sono?

Mentre mi sforzo lentamente di passare dalla posizione prona a quella seduta, mi afferro le tempie martellanti, sbatto di nuovo le palpebre e mi guardo intorno.

Mi sa che sto ancora dormendo. O sono svenuta. In ogni caso, sto sognando.

Non è possibile che mi trovi davvero dove mi sembra di essere.

In un harem.

Lo spazio è enorme, delle dimensioni della mia vecchia palestra della scuola. Ci sono colonne ornate a volute, cornici elaborate e tessuti trasparenti e leggeri in un arcobaleno di sfumature. Sfere luminose color pastello galleggiano ovunque, apparentemente per magia, inondando l'intero luogo di una bella luce rilassante. C'è un delicato profumo floreale, in netto contrasto con il sapore disgustoso che ho in bocca. L'intero posto sembra uscito da *Le mille e una notte*.

Comprese le donne.

Ce ne sono forse una dozzina o giù di lì, tutte vestite con abiti leggeri, svolazzanti e scintillanti di gioielli d'oro. Ma, guardando più da vicino, mi rendo conto che c'è qualcosa di veramente strano in loro.

Non sembrano... umane.

Sono alte; la più bassa è almeno più di un metro e ottanta. E la loro pelle... è forse vernice per il corpo? Verdi, lilla, blu, bronzo: i loro volti, le mani, i piedi presentano una gamma di colori tanto ampia quanto le tende che scendono lungo le pareti. Sono tatuate dappertutto, per quanto ne so, con colori sorprendentemente contrastanti, e hanno tutte capelli lunghi e dai colori vivaci, nelle diverse tonalità della loro pelle.

Ma che cavolo?

Una di loro mi nota e si avvicina. Si muove in modo

strano. Più scivolando che camminando. Mentre si avvicina, urla qualcosa da sopra la spalla, e quel suono mi fa accapponare la pelle.

Non è inglese. Non è una lingua che io abbia mai sentito. Neanche lontanamente. Una serie di clic, miagolii e vocali lunghe e prolungate...

... eppure riesco a comprenderla, chiaro come il sole.

"È sveglia!"

Tutto sta iniziando a sembrare troppo realistico, per essere un sogno. Pietrificata sul posto, non posso fare altro che aspettare che la strana donna si avvicini a me.

È stupenda da vicino: la sua pelle è della più tenue sfumatura di blu e i suoi lunghi capelli mossi sono di un viola intenso. Gli occhi sono quasi felini e, quando sbatte le palpebre, noto le sue lunghe ciglia viola.

"Benvenuta ad Aurum!" dice.

"Cosa?" Mi sembra di parlare inglese, ma c'è qualcosa nella mia testa che mi fa storcere la lingua e produrre dei suoni incomprensibili con la bocca.

Sto davvero parlando nel suo dannato idioma, in questo momento?

Come?

"Aurum", ripete, come se questo fosse solo un giorno normale e nella sua casa apparissero continuamente donne stordite e confuse.

"Cos'è?"

"Ulfaria".

Forse non stiamo davvero parlando la stessa lingua.

"Lenah", dice un'altra voce, e ora mi rendo conto di essere circondata dalle donne. Mi guardano tutte con un misto di stupore e curiosità. "Lei non è di qui. Non conosce i nomi dei nostri regni e del nostro pianeta. Sarà confusa, come ha detto il mago".

Questo l'ho capito. Ma non ha attenuato neanche un po' la vaga sensazione di stare andando fuori di testa. Regni? Pianeta? "Confusa" è un dannato eufemismo.

"Eh", dice Lenah, presumo. Si avvicina un po' a me. "Come ti chiami?"

Come mi chiamo?

L'ansia lieve che ho provato fino a questo momento si trasforma in un brivido di panico quando mi rendo conto che sto lottando per rispondere a questa domanda basilare. Non solo non so dove sono o come sono arrivata qui, ma, a quanto pare, non so nemmeno *chi* sono.

"Omega" è l'utile risposta fornita da un'altra ragazza.

Scuoto la testa. Non è sicuramente quello il mio nome.

"Omega", concorda Lenah. "Una volta che il siero ha iniziato a funzionare. Hanno detto che ci sarebbe voluto un po' di tempo".

Siero?

Decidendo di averne abbastanza, mi pizzico l'interno del polso così forte che il dolore mi fa sussultare.

All'unisono, anche le donne si ritraggono e sussultano.

E... sono ancora qui. Quindi non sto sognando.

Cazzo! Cazzo! Cazzo!

Mi schiarisco la voce, chiedendomi cosa potrei dire. Ho così tante domande. *Portatemi dal vostro capo* forse sarebbe pretendere troppo, ma in realtà c'è una piccola parte di me che si domanda se non solo io non sia a casa, ma se, in questo momento, non mi trovi nemmeno sulla Terra.

Ma è semplicemente folle. Non credibile. Non realistico. Non possibile.

Kim! Il nome mi viene in mente in un lampo e lo riconosco come mio. Grazie a Dio! È un inizio. Mi schiarisco la gola.

"Mi chiamo Kim. Qualcuno, per favore", comincio lentamente, "potrebbe spiegami dove sono e perché sono qui. Questa è la Terra, giusto? Siamo ancora sulla Terra?" Tanto vale togliere di mezzo la domanda più pressante, prima.

La seconda ragazza, che è di una splendida sfumatura di turchese, mi lancia uno sguardo di sincera pietà. "No", risponde. "Questa è Ulfaria. La Terra è il *tuo* pianeta. Ulfaria è il nostro".

"Siamo su un altro pianeta?" La mia voce si incrina sull'ultima parola. Riesco a malapena a credere a quello che sto dicendo... oltretutto in una lingua aliena.

"Sì. Questo è Aurum, il regno più grande di Ulfaria".

"Perché", deglutisco, "mi avete portato qui?" Almeno adesso stiamo avendo una conversazione che posso capire, anche se faccio fatica a crederci.

"Per il re Aurus", Lenah prende il posto della ragazza turchese. "Ha bisogno di un'omega. Sarai la sua omega".

Alla faccia del comprendere la conversazione! "Non sono un'omega", dico alla fine. "Io sono un essere umano. Sono un essere umano e vorrei andarmene". Non so dove, ma sarebbe preferibile un posto diverso da questo. L'harem, le donne bellissime e ora anche la notizia che vogliono darmi a un re mi rendono seriamente nervosa.

Cosa c'è di peggio che svegliarsi su un pianeta alieno?

Svegliarsi su un pianeta alieno e sentirsi dire che diventerai il giocattolo di un re alieno.

"Ti hanno dato un siero", dice la ragazza turchese. "Ti trasformerà in un'omega".

Contraggo involontariamente la gola e comincio a soffocare. "Potrei avere qualcosa da bere?" riesco a chiedere, tra un colpo di tosse e l'altro.

Una delle altre ragazze scivola via; poi torna e mi porge un calice luccicante con dei gioielli incastonati, pieno di un liquido scuro. Lo tracanno d'un fiato. Non ha un sapore troppo cattivo; è un po' dolce, con un pizzico di spezie. È rinfrescante e mi toglie l'orribile sapore in bocca. "Ancora, per favore", la supplico, tendendo il calice vuoto come se chiedessi l'elemosina.

Mentre la ragazza va a prendermi un altro drink, prendo fiato, cercando di rimanere più calma possibile.

"Mi chiamo Kim", dico, indicando il mio petto.

"Kim", le donne ripetono in coro, all'unisono. Inquietante.

"Sono Juno", dice la ragazza turchese. "Dobbiamo prepararti".

"Prepararmi per cosa?" Forse non avrei dovuto chiederlo.

"Per incontrare il re Aurus. Non vede l'ora di vederti".

"Niente cazzate", mormoro, e mi alzo in piedi lentamente, incerta. Mi viene di nuovo offerto il calice e lo scolo ancora una volta, chiedendomi se abbiano dell'alcol su questo pianeta. Di certo mi sento stordita.

Le ragazze si scambiano degli sguardi, poi Lenah riprende il comando. "Spogliati", dice prepotentemente. "Il bagno è già pronto".

Sono combattuta. Mi sento appiccicosa per la paura, e stare nell'acqua mi ha sempre calmata e radicata, ma non ho intenzione di essere *preparata per il re* come una vergine sacrificale. "Mostrami dov'è il bagno", dico, "e mi farò il bagno da sola".

Lenah emette uno sbuffo e un paio di altre ragazze ridono. "Ti faremo noi il bagno", dice con fermezza e, un momento dopo, vengo afferrata per le braccia e trascinata via.

Sono almeno trenta centimetri più bassa della maggior parte di queste donne, e più snella, ma non gliela rendo facile, piantando i talloni a terra e sputando maledizioni al loro indirizzo per tutto il tragitto.

Sembrano impassibili mentre mi trascinano verso una porta, nascosta dietro una tenda, che non avevo notato. Si apre come per un comando invisibile, e poi il mio viaggio senza cerimonie continua fino a quando non arriviamo a un'enorme vasca di bronzo, completa di acqua profumata che fuma lievemente e di quelli che sembrano petali di fiori, sparsi sulla superficie.

"Ti svesti o dobbiamo aiutarti?" chiede Lena.

"Posso spogliarmi da sola!" Mi sforzo di non digrignare i denti. Guardando in basso, vedo che indosso pantaloncini di jeans al ginocchio e una canotta nera decorata con una E maiuscola rovesciata. I miei piedi sono nudi. Non porto gioielli, orologio, niente, ma, quando mi abbasso i pantaloncini, c'è il tatuaggio di un colibrì sulla parte esterna della coscia destra.

"Puoi darci i tuoi vestiti", dice gentilmente Juno, tendendo la mano. Sembra più amichevole di Lenah. "Ci penseremo noi a buttarli".

"No!" Per qualche ragione, dopo tutto ciò che è successo, il pensiero di perdere le ultime cose della Terra che mi sono rimaste mi fa sgorgare lacrime dagli occhi. "Vi prego, permettetemi di tenerli".

Segue una pausa, durante la quale avviene uno scambio muto tra Lenah e Juno.

"Li faremo lavare e poi te li restituiremo", dice infine Lenah.

"Grazie".

A quanto pare, non sono molto pudica: non mi imbarazza restare nuda di fronte a queste donne, come potrebbe succedere a una ragazza timida. Una volta tolti i pantaloncini e il top, sgancio il reggiseno sportivo bianco e lo porgo a Juno; poi mi sfilo le mie semplici mutandine di cotone e le metto in una piccola pila ordinata sopra i vestiti che ha già in mano.

"Non molto femminile", osserva una delle donne in un sussurro ben udibile. "Ha un corpo simile a quello di un ragazzo".

"Non piacerà al re Aurus", dice un'altra.

"Riesco a sentirvi", dico ad alta voce, entrando nella vasca e resistendo all'impulso di lanciare loro un'occhiataccia. Ma quelle parole mi fanno capire una cosa: se non posso evitare di incontrare il re, forse posso rendermi poco attraente ai suoi occhi. Dopo essermi immersa nell'acqua con un sospiro, appoggio la schiena e lascio che il liquido caldo mi circondi, mentre chiudo gli occhi. Solo per un secondo, in cui fingo di essere tornata sulla Terra e di trovarmi in una vasca, nell'attesa di gustarmi un po' di gelato e di guardare un film.

E poi quel momento viene rovinato.

"Ha troppi peli sul corpo", dice una.

"Verranno rimossi dopo il bagno". La voce sembra quella di Lenah.

"Riesco *ancora* a sentirvi", dico, lanciando un'occhiata a Lenah. Ha l'accortezza di distogliere lo sguardo.

Guardo il mio corpo nudo, che è perlopiù celato dall'acqua opaca e dai petali che galleggiano in superficie. Sarà anche vero che non mi raso le gambe da un po', ma il mio pube è ben curato e non sono affatto simile al gorilla peloso che mi stanno facendo sembrare. Come faranno a rimuovermi i peli? Esiste una specie di ceretta aliena? Non che sia importante. Non ho intenzione di lasciarglielo fare.

Ultime famose parole: poco dopo, mi ritrovo ricoperta da una pasta appiccicosa e profumata e mi viene strappato anche l'ultimo pelo dalla radice, finché non sono liscia e morbida come la seta dal collo in giù.

"Dovrai farli crescere ancora un po'", dice Lenah, allungando una mano per tirare una ciocca umida dei miei capelli biondi, lunghi fino alle spalle.

"Non lo farò", dico. Se davvero non posso andarmene fisicamente – non ancora – sarò oltremodo polemica. Nel frattempo, sto costantemente pianificando la mia fuga, prendendo nota di ogni porta, ogni dettaglio, tutto ciò che potrebbe tornarmi utile quando giungerà il momento di andare via. Sto anche raccogliendo informazioni tramite domande apparentemente innocenti.

Se sta succedendo davvero, se sono stata davvero rapita e trasportata su un altro dannato pianeta, ci dev'essere un modo per tornare indietro. Ho intenzione di trovarlo al più presto.

"Re Aurus preferisce i capelli lunghi", dice un'altezzosa donna di colore verde, spingendo dietro alla spalla la sua criniera di lucenti ciocche verde acqua.

"Allora è un bene che lui abbia tutte voi", dico dolcemente. Aspetto che l'abito mi venga infilato sulla testa, prima di chiedere: "Siete le sue mogli?"

"Il suo harem", risponde Juno a bassa voce. "Le sue cortigiane".

"Sembra che ce ne siano abbastanza di voi. Abbastanza per soddisfare anche il più... potente dei re". Cerco di nascondere il sarcasmo dalla mia voce. "Allora perché ha bisogno di me?" L'abito giallo pallido è leggero come l'aria ed è così trasparente che non nasconde quasi nulla. Tanto varrebbe essere nuda. Ma sto al gioco.

Per ora.

"Come ti abbiamo già detto", dice Lenah, "ha bisogno di

un'omega. Solo un'omega può dargli ciò che desidera veramente".

Il cuore inizia a battermi forte nel petto, ma mi impongo di mantenere un tono calmo, quasi annoiato. "Ah, davvero? E cosa sarebbe?"

Juno si fa avanti, l'espressione piena di riverenza. Le sue parole successive mi sbalordiscono al punto da farmi ammutolire.

"Dei figli".

2

KIM

Dei figli...

Questa giornata va proprio di bene in meglio! Seguo le donne, mentre quelle due piccole parole mi ronzano in testa in un ciclo infinito, rendendo difficile concentrarmi su qualcos'altro. L'abito fluttua intorno e dietro di me mentre cammino, ma non mi sento molto aggraziata. Per prima cosa, non scivolo, mentre queste ragazze sembrano indossare i pattini sotto i vestiti.

Sto ancora cercando di ricordare come abbia fatto ad arrivare qui. Da dove venga. Non so nemmeno quanti anni ho, cazzo! Sto pregando che tutto mi ritorni in mente, come è accaduto per il mio nome.

Qualunque cosa sia questo strano siero che dicono di avermi dato, sembra che l'amnesia selettiva ne sia un importante effetto collaterale.

Mentre ero nella vasca da bagno, ho fatto a Juno altre domande, ad esempio come sia possibile che riesca a comprendere la loro lingua, l'ulfariano. Ho scoperto che, oltre a iniettarmi il siero, questi maghi misteriosi – leggasi: "stronzi che ovviamente non hanno mai sentito parlare di consenso" – mi hanno impiantato un chip che consente di capire e parlare tutte le lingue conosciute dell'universo. È una follia, ma non posso negarne la funzionalità, almeno in questo posto. Quando tasto il punto appena sotto l'orecchio sinistro, sento il lieve gonfiore in corrispondenza del chip.

Per fortuna non fa male. Cerco di non pensare a come funziona... Non voglio perdermi nei meandri della mia mente.

Le donne chiacchierano, eccitate. A parte quella verde, nessuna di loro sembra essere minimamente gelosa del fatto che io stia per diventare l'ultima concubina del loro re. Immagino che siano abituate a condividerlo.

Non dovranno condividerlo con la sottoscritta, però. Leverò le tende prima ancora che lui possa avvicinarsi a me. Sto cercando potenziali vie d'uscita a ogni passo del lungo e faticoso cammino verso le stanze del re Aurus.

Dovrebbe avere il suo harem più vicino, così da non essere già esausto, quando arriva. O forse è la fortunata prescelta che deve compiere il tragitto per andare a trovarlo. È più probabile che un re arrogante abbaia scelto la seconda opzione.

Più vedo del palazzo, più mi sento come se già conoscessi Aurus, prima ancora di averlo incontrato. Ovviamente ha un ego gigantesco, a giudicare da tutti gli specchi. E gli piace ostentare la propria ricchezza, a giudicare dagli arredi sgargianti e scintillanti. Non ho mai visto così tanto oro. A quanto pare, si ritiene una specie di stallone; perché, altrimenti, avrebbe dodici amanti?

Sembra che le donne ulfarri siano mansuete e sottomesse, almeno per i maschi della loro specie. Non voglio sapere in che modo questa totale obbedienza viene ottenuta... Juno ha menzionato qualcosa riguardo a un'eventuale punizione, se non mi porteranno in tempo dal re. Nonostante tutta la loro tecnologia avanzata, gli ulfarri sembrano vivere ancora nel Medioevo, in fatto di liberazione della donna. In ogni caso, non ho chiesto quale sarebbe stata la punizione e Juno non mi ha fornito spontaneamente l'informazione.

Alcune cose è meglio che rimangano ignote.

Ci stiamo avvicinando a una serie di enormi porte doppie, alte anche più di sette metri. Sono bordate d'oro – come tutto il resto in questo posto; non mi sorprenderebbe se le concubine avessero finiture dorate intorno alle loro fiche – e si aprono come se fossero tirate da corde invisibili.

La prima cosa che noto, una volta che le abbiamo varcate, sono le armi attaccate al muro: tutti i tipi di coltelli, spade, asce; c'è anche una balestra, o così mi pare. Le osservo tutte, chiedendomi quale potrei usare al meglio. Non ricordo se abbia mai sostenuto un allenamento di autodifesa o arti marziali.

Ma, sicuramente, brandire un coltello contro qualcuno non può essere *così* difficile.

Le armi sono abbastanza in alto, però; quindi devo trovare uno sgabello o qualcosa del genere, così da poter arrivare in alto e rubarne una. Mi sto ancora guardando intorno, scrutando i vari mobili, quando vedo una figura enorme e scintillante. Allo stesso tempo, sento Lenah dire:

"Sua Maestà, mi permetta di presentarle la sua nuova omega: Kim".

Le dita di qualcuno circondano il mio polso e vengo trascinata in avanti senza tante cerimonie.

La prima cosa che registro è la sua taglia. Pensavo che le donne fossero alte... ma questo ragazzo è enorme. Indossa un'armatura dorata lucida; quindi non so dire se sia in forma oppure grasso, ma sembra essere alto più di due metri e quasi altrettanto largo di spalle. Visto che indossa un elmo da cavaliere, non posso vedere la sua faccia. Ciononostante irradia forza.

E arroganza.

La sua voce, quando parla, è bassa, profonda e ringhiosa. "Finalmente. Ti aspetto da tanto tempo, omega".

"Mi chiamo *Kim*", dico, orgogliosa che la mia voce sia calma e ferma. Direi che possiamo anche iniziare come intendiamo andare avanti. Io non mi inchino davanti a nessuno.

"Kim". Il modo in cui lo dice mi fa correre un brivido lungo la schiena.

Mi rendo conto che non so come rivolgermi a lui. Chiamarlo *Sua Maestà* sembra un po' pretenzioso, visto che non è il mio re. "Sembra che si sia verificato un errore", continuo. "Non sono un'omega. Sono un essere umano. Vorrei tornare sulla Terra adesso".

Segue una lunga, lunga pausa. Sembra che tutte le donne stiano trattenendo il respiro, intanto che guardano Aurus per vedere cosa farà. Quando lui getta indietro la sua enorme testa con l'elmo e scoppia a ridere, emettono piccole risatine di sollievo.

"È forse divertente?" gli chiedo. Non mi piace essere il motivo del loro divertimento, soprattutto non quando la situazione è così seria. Finora sono stata brava a mantenere la calma, considerate le circostanze, ma perfino la mia pazienza ha un limite. E lo sta raggiungendo.

"Ti è stato dato un siero per trasformarti in un'omega", dice alla fine Aurus, facendo eco a ciò che Lenah mi ha già detto. Si gira verso di lei. "È già entrata in estro?"

Lenah scuote la testa, i suoi lunghi capelli che si increspano. "No, Maestà".

Probabilmente lo chiama *Sua Maestà* a letto. Poi io chiedo: "Cos'è l'estro?"

Aurus si rivolge al suo harem: "Grazie per averla preparata. Lasciateci soli. Tutti voi", aggiunge, rivolto anche agli altri servitori che stanno in silenzio negli angoli.

No, per favore, non lasciatemi sola con lui! Li supplico in silenzio, ma ovviamente eseguono l'ordine del re.

Ora, Aurus ed io siamo soli nelle sue stanze cavernose e pompose.

"Sei davvero una bellezza", dice alla fine Aurus. "I tuoi capelli sono un po' corti, ma cresceranno. E sono dorati, cosa che mi piace. Questo è il Regno d'Oro".

"Cazzo, ma non mi dire!" Non posso evitare di dirlo. Inoltre, forse la mia scortesia gli farà venire voglia di sbarazzarsi di me. Una ragazza potrà pur sperare...

Segue una breve pausa, in cui sembra stia decidendo come reagire. Poi fa una risatina, come un padre indulgente. "E tu hai carattere. Bene. Avremo tanti figli forti".

"Odio deluderti, ma no", gli dico. "Non li avremo".

Un'altra breve pausa. "Ti deve sembrare tutto molto strano. Immagino che ci si debba aspettare un po' di maleducazione".

Sta invalidando i miei sentimenti – i miei sentimenti *genuini* – e questo mi fa infuriare. "Un po' di maleducazione? Questo è quello che pensi che sia?" Sono incredula.

Aurus sventola una mano, come per allontanare una mosca fastidiosa. "Imparerai presto", dice, come se non avessi detto niente. "Le altre ragazze, e io, ovviamente, ti insegneremo l'obbedienza".

"Col cavolo che lo farete!"

"Attenta!" La sua voce è cambiata. Si è abbassata ancora di più, e la voce grave e burbera ora ha un tono di avvertimento. "Sono indulgente, ma anche la mia pazienza ha un limite".

"Non vedo l'ora di trovarlo", dico, sembrando molto più sicura di quanto mi senta.

Ignorandomi, si volta dall'altra parte e inizia a giocherellare con l'elmo. Reprimo un sorriso. Ovviamente non è abituato a slacciarsi le cinghie da solo, ma ha mandato via i suoi servitori.

Dopo un paio di secondi imbarazzanti, riesce a togliersi l'elmo e lo posa su un tavolo vicino. Poi si gira.

Porca puttana, è stupendo! Dannazione, dannazione, dannazione!

La sua pelle è di un bronzo pallido, con segni tribali in oro scuro sulla fronte e sul collo. Ha una mascella forte e ben disegnata, labbra sorprendentemente carnose e gli occhi più ipnotici che abbia mai visto. Sono del colore del miele bruciato e, quando la luce colpisce le iridi, brillano di riflessi quasi ambrati.

Ricomponiti, Kim! Potrebbe anche essere uno dei maschi più sexy che tu abbia mai visto, ma ti tiene comunque prigioniera. Non fargli capire che sei attratta da lui.

"Vieni qui, omega", dice alla fine Aurus, tendendomi una mano incoraggiante.

"Mi chiamo Kim". Incrocio le braccia sul petto. "E... no". Sembro petulante e infantile, lo so, ma sto iniziando a sentire uno strano svolazzare nella pancia e il suo sguardo diretto mi sta distraendo. "Voglio che mi lasci andare. Oppure, troverò la via d'uscita da sola... Scapperò".

Aurus si fa beffe di me. "Oh, davvero?"

Prendendo un respiro profondo per calmare i miei nervi vacillanti, quasi barcollo quando sento il suo l'odore: sandalo, pelle nuova, pino... Il profumo è molto forte, ma così buono che inspiro profondamente attraverso il naso, come a volermi inebriare del suo aroma.

È in questo momento che un improvviso sussulto di

piacere arriva direttamente al mio clitoride, seguito immediatamente da una sensazione di bagnato, di gocciolamento, tra le mie gambe. Sorpresa, non riesco a reprimere il mio sussulto per l'inaspettato, intenso accesso di lussuria. Cosa diavolo ho che non va?

Guardo Aurus – per avere risposte, un aiuto, non so – e il colore dei suoi occhi è cambiato in un terra di Siena bruciata. Tutto il suo corpo è rigido; il viso ha un'espressione leonina che posso descrivere solo come "feroce". Una parte lontana di me registra che lui ha stretto i pugni lungo i fianchi.

La torsione del desiderio nella parte inferiore del mio ventre è ora accompagnata da una fitta acuta di paura. Il re conviviale e attraente se n'è andato, e al suo posto c'è ora una bestia che è concentrata su di me come un leone su una gazzella.

Io sono la preda.

Il profumo si intensifica, diventando così denso da risultare una cosa tangibile, che si insinua in me, invadendo i miei stessi pori. Emetto un gemito quando il mio clitoride pulsa di nuovo. Sotto l'abito leggero i capezzoli si inturgidiscono.

Che cazzo mi sta succedendo?

Poi, Aurus inizia a ringhiare...

3

AURUS

Non riesco a ricordare l'ultima volta che sono stato così entusiasta di qualcosa. Così impaziente. Era da quando Khan è tornato da un viaggio con quella piccola omega al seguito che ne desideravo una per me.

I maghi hanno impiegato molto tempo per trovare un modo per portare qui le femmine u-man e poi è seguito un processo di selezione lungo e noioso... Non so, stavo a malapena prestando attenzione quando me l'hanno spiegato. Mi sono limitato a chiederne una con i capelli dorati.

Sono Aurus, sommo re di Ulfaria, e ottengo sempre ciò che voglio.

Già allora, quando finalmente è arrivato il momento e la mia nuova omega è stata portata attraverso il portale, sono stato costretto ad aspettare che le impiantassero il chip di traduzione e le dessero il siero...

... e poi ad aspettare che il siero agisse...

Un'attesa interminabile.

Stranamente, però, l'attesa infinita non ha fatto altro che aumentare la mia eccitazione, finché non ho finalmente ricevuto la notizia che era pronta e che il mio harem stava per portarla da me.

Mi piacciono le mie cortigiane beta, ma ora ho un nuovo giocattolo.

Un giocattolo in grado di generare i miei eredi.

Di solito indosso l'armatura solo in procinto di una battaglia, ma volevo impressionarla. Se mi accontenterà, questa omega sarà la mia compagna per la vita e passeremo molto tempo insieme. Volevo darle un assaggio della fortuna che le è capitata a trovare un compagno così splendido.

Però non sembra molto colpita. O grata.

Non è l'omega che mi aspettavo.

I suoi capelli sono dorati, ma le sfiorano appena le spalle. Il viso è abbastanza carino, lo ammetto, ma è così piccola che temo di causarle problemi durante l'amplesso. E un po' troppo magra per i miei gusti. Fianchi stretti, seno piccolo e appuntito... Preferisco che le mie femmine siano più formose. Più femminili.

Per non dire più sottomesse.

È strafottente, irrispettosa ed esigente. Non sono qualità che accetterò in una compagna. Khan ha fatto della sua omega la sua regina, la sua *maestà*, e le permette di governare al suo fianco... almeno di nome. Ma io tratterò Kim come una vera omega. La userò nel periodo del calore e la lascerò nella casa di piacere per il resto del tempo, con le altre cortigiane. Sarà coccolata e viziata e alla fine sarà contenta. In un modo o nell'altro, imparerà a stare al suo posto.

La sua reazione nei miei confronti è favorevole. Quando mi sono tolto l'elmo e lei ha visto la mia faccia, le si sono dilatate le pupille. Non riusciva a nascondere la sua attrazione.

E ora si vede che il siero sta facendo effetto. L'omega sta andando in estro.

Lascia andare un gemito mentre i suoi occhi si spalancano. Abbassa lo sguardo, poi lo solleva di nuovo verso di me.

Il suo profumo mi colpisce come un pugno in testa. Dolce. Floreale. Inebriante come vino mielato. Si fa strada su per il mio corpo, come se mi stessi immergendo piano piano in un vasca da bagno, e una lussuria diversa da qualsiasi altra abbia mai conosciuto mi sopraffà in un istante.

Il mio membro è rigido, pulsante. Il sangue mi ribolle nelle vene. Tutto intorno a me – dove sono, chi sono – passa in secondo piano, finché rimane solo la piccola femmina color pesca e oro che sta lì in piedi, a pochi metri di distanza da me. Il suo profumo. Lo sguardo sul suo viso.

Devo averla. Adesso.

Un ringhio, emesso da me, rimbomba. Non ho mai ringhiato per un'omega prima, ma è naturale come respirare. Il mio petto vibra per il suono fragoroso, e tutto ciò ha un effetto immediato sull'u-man, che emette un altro gemito di stupore e fa un passo indietro.

La mia armatura è troppo stretta. Ulf, maledetto il mio orgoglio! Perché ho cercato di impressionare la mia omega? Avrei dovuto indossare qualcosa di semplice. Mi strappo il pettorale. Ho bisogno di muovermi liberamente. Mentre rimuovo i pezzi d'oro, un sontuoso profumo si propaga dalla mia pelle in onde. Non c'è dubbio: sono in calore.

L'omega è eccitata. Ha il viso arrossato e le sue labbra sono ancora più rosse. Mi ritrovo in sintonia con ogni sua piccola sfumatura. Il profumo dolce e muschiato dei suoi umori raggiunge le mie narici, e reprimo un gemito di desiderio. Mi sento i testicoli pesanti, pieni, tesi. Un desiderio delizioso e intenso si attorciglia nelle mie viscere, come un serpente.

"Vieni qui", le dico, strappando l'ultimo pezzo della mia armatura, restando solo con gli schinieri e la tunica che indosso sotto la pesante piastra.

I suoi occhi sono offuscati dalla lussuria quando le cade lo sguardo sul mio petto, per poi abbassarsi e infine tornare sul mio viso. La sua protesta è appena udibile, ma io la sento: "No".

Fa un altro passo indietro. *Direzione sbagliata, piccola omega.*

Ci sono guardie appostate fuori dalla porta. Non può sfuggirmi. La sua resistenza è affascinante. Quand'è stata l'ultima volta che una femmina, o chiunque altro, mi ha negato ciò che volevo?

Ma una parte di me vuole che lei lo voglia.

Che voglia *me.*

Si gira per fuggire, ma l'avevo previsto, e sono troppo veloce per lei. Riesce a fare un solo passo prima che la circondi con le braccia, sollevandola in aria e stringendola al mio petto. Mi dà le spalle e scalcia furiosamente.

Ogni volta che apre le gambe, un'altra ondata del suo profumo fa aumentare il mio desiderio. Ma si sta sforzando, e non voglio che si faccia del male.

"Sta' ferma", le intimo mentre, attraverso la porta nascosta, la porto nelle mie camere da letto private. Non pesa niente. Stretta tra le mie braccia, la parte superiore del suo corpo è bloccata, ma le gambe sono ancora libere di sforbiciare, come se stesse cercando di scappare.

"Vaffanculo", sbraita, dimenandosi con tutte le sue forze.

"Che maleducata!" Sento che il mio uccello è enorme e tende verso la mia pancia. Sarebbe così facile spingerlo semplicemente su tra le sue gambe, ma terrò a freno il mio ardore e ci andrò piano. Voglio che la nostra prima volta la soddisfi. A tal fine, ho bisogno di capirla: cosa le piace; cosa non le piace; cosa la fa gemere, invece di imprecare.

Abbiamo raggiunto il mio letto. Khan mi ha detto che la sua omega ha una predilezione per i cuscini; quindi ne ho fatti portare qui a dozzine e ho cercato di sistemarli nel modo migliore per la mia omega.

"Se ti butto giù, proverai a scappare di nuovo?" le chiedo.

"Sì".

Ulf, non credo di essermi mai sentito così frustrato. Ogni ultimo briciolo di autocontrollo che mi è stato insegnato nell'esercito viene messo a dura prova da questo pezzetto di femmina. "Molto bene".

Sempre stringendola al petto, mi abbasso finché non ci distendiamo su un fianco. Non sta più scalciando, ma è rigida contro di me.

Un'altra ondata della sua fragranza mielata mi investe. Le accarezzo le guance, mentre un profondo istinto mi costringe a marcarla con il mio stesso odore. Una nuvola del suo effluvio si alza, mescolandosi al mio muschio alfa. È un buon profumo. È il profumo giusto.

I miei canini fanno male ad affondare nella fragile giunzione tra spalla e collo, per rendere il mio marchio più permanente. Non ho pensato seriamente se avrei marchiato o meno la mia omega, se le avrei regalato il legame delle anime. Ma, in questo momento, è tutto ciò che voglio.

Un po' di pazienza. Voglio vedere se la mia omega mi accontenterà o meno. Si deve guadagnare il mio marchio.

Segue un breve silenzio, mentre io combatto contro l'istinto di strapparle il vestito dalle spalle e portarla nell'oblio e lei è presumibilmente intenta a esaminare le sue possibilità di difendersi e scappare.

Se ha più buon senso di un sasso, presto si renderà conto che quelle possibilità sono nulle.

"Cosa sono tutti quei cuscini?" chiede, alla fine.

Per un secondo, sono così preso alla sprovvista dalla domanda che smetto di ringhiare. Poi mi rendo conto dell'ovvio motivo per chiedere una cosa così strana e insignificante. "Credi davvero di poter distrarre un alfa in calore?"

"Non lo so. Non so cosa sia!" Sta alzando la voce. È in questo momento che fiuto nel suo dolce effluvio qualcosa di diverso dal desiderio e dalla provocazione: la paura.

Sono stato uno sciocco a non averlo notato prima. Stava semplicemente *fingendo* di essere coraggiosa.

Adorabile!

E ora voglio confortarla. Le sfioro la testa con la mia guancia, marchiandola di nuovo con il mio profumo. Il profumo la calmerà, e così pure il mio ringhio basso e costante.

"Cosa mi sta succedendo?" C'è una nota lamentosa nella sua domanda che mi provoca una stretta al cuore. "Perché sono..." si interrompe.

La stringo più forte a me, il mio uccello premuto in modo allettante contro il suo culetto impertinente. Lei resta in silenzio. Un momento dopo, le ordino: "Finisci la frase, piccola omega".

Riesco quasi a percepire la sua battaglia interiore. Alla fine, mormora: "Bagnata. Non capisco perché sono così... bagnata".

Potrei spiegarglielo, ma preferirei mostrarglielo. Quindi faccio scivolare una mano verso il basso, sulla sua pelle bollente, fino all'apice delle sue cosce, prendendolo a coppa sul tessuto leggero del suo vestito.

Poi riprendo a ringhiare.

Sento che un brivido la percorre per tutto il corpo e, quando comincio a muovere lentamente il palmo della mano per strofinare il suo sesso attraverso la stoffa, emette un gemito. Il mio uccello pulsa in risposta. Mi fermo un attimo, e respiro. Se non riprendo il controllo, i suoi piccoli sospiri saranno la mia rovina.

Lentamente, apre le gambe per consentire un accesso migliore alla mia mano.

Voglio ruggire, battermi il petto, possederla qui sul letto. Invece, le alzo l'orlo del vestito per scoprirle la fica, così da poterla esaminare.

~

Kim

CHE CAVOLO STA SUCCEDENDO?

Un minuto fa, mi immaginavo fuori da questo sfarzoso palazzo. Dovrei pensare a pianificare la mia fuga. Ma ora, quando cerco di concentrarmi su questo, è come se il mio corpo avesse altre idee.

Fiamme lambiscono la mia pelle, incenerendomi dall'interno verso l'esterno. I ringhi di Aurus rimbombano attraverso di me, accarezzandomi la pelle e scombussolandomi le viscere. Il suono è potente come un tocco. Una pressione vogliosa si accumula nel mio nucleo. Quel profumo delizioso e peccaminoso sta diventando più intenso, circondandomi, e la lussuria che mi consuma è diversa da qualsiasi cosa abbia mai provato prima.

Sono stata affamata; sono stata così assetata da riuscire a malapena a pensare chiaramente; sono stata così esausta da arrivare quasi al punto di addormentarmi in piedi, ma non ho mai avuto bisogno di *qualcosa* come ora ho bisogno di lui dentro di me.

Sono così a corto di sesso? Certo, la visione di Aurus che si toglieva l'armatura mi tornerà in mente ogniqualvolta sarò a letto da sola: quel petto follemente ampio e muscoloso e le braccia possenti che ha rivelato poco a poco, come se stesse eseguendo uno spogliarello involontario e scoordinato. Altri segni tribali, simili a tatuaggi, coprono ogni centimetro quadrato della pelle che sta scoprendo. Li ha anche sull'uccello?

Devo saperlo.

Ho bisogno che mi tocchi. *Adesso*.

E così ho lasciato che il grosso membro dorato si posasse sul mio sesso anelante. Alzo i fianchi, chiedendo il suo tocco. Re Goldfinger deve darmi il mio orgasmo in questo dannato momento.

Potrò sempre scappare più tardi.

Aurus

LE SUE LABBRA INFERIORI SONO CARNOSE E GONFIE. Presto, saranno avvolte attorno al mio uccello mentre la scoperò. Presto. Ne seguo delicatamente i contorni ancora per un po', poi il mio pollice trova quella piccola protuberanza dura al loro apice. Mentre l'accarezzo, l'omega tra le mie braccia emette un grido e si agita, strofinando il sedere contro il mio membro.

"Oh, mio Dio!" metà piagnucola, metà sussurra. Gira la testa verso il mio petto come per nascondere la sua reazione.

"Sì". La mia voce si abbassa fino a un ringhio. Un po' dei

suoi umori schizza sul mio palmo. Emanano un profumo che, per un momento, offusca la mia visione della stanza.

Devo assaggiare la mia nuova compagna.

Ha appena raggiunto l'orgasmo, anche se sembra che stia cercando di nasconderlo. Non avrei mai immaginato che sarebbe stata così reattiva al piacere.

Si è afflosciata tra le mie braccia.

La giro sulla schiena, poi le afferro le cosce appena sopra le ginocchia, allargandola completamente per me.

La sua testa ciondola sul letto, mentre, con la bocca semiaperta, mi guarda attraverso le palpebre abbassate. I suoi fianchi si stanno già alzando leggermente per offrirmi la fica.

Sembra che io abbia guadagnato la sua acquiescenza, ma, dopo averla sentita sgorgare nella mia mano, voglio di più.

Voglio che mi *implori*.

4

KIM

L'orgasmo mi colpisce come un pugno in faccia. Appena qualche carezza su quel sensibile fascio di nervi, e sto venendo così forte che i capezzoli mi fanno male. La mia fica ha degli spasmi incontrollabili e trattengo un gemito di vergogna mentre sgorgo sulla sua mano gigantesca. Sono rigida, determinata a non mostrargli l'effetto che sta avendo su di me, ma non ho dubbi: lui lo sa perfettamente.

E voglio di più, che Dio mi aiuti!

Non mi oppongo quando mi fa girare sulla schiena, mi allarga le gambe in modo umiliante e mi spinge indietro le ginocchia, così che mi arrivino praticamente all'altezza delle orecchie, esponendo al suo sguardo intento la mia fica liscia e appena scoperta.

Stringo gli occhi. Non riesco a guardarlo. Non voglio vedere cosa sta facendo. Il suo profumo è ancora denso sulla mia lingua, ma ora posso anche sentire il mio stesso odore, la mia stessa eccitazione che aumenta, mentre il dolce sapore riempie la stanza.

Stupido corpo! Lo stupido re Goldfinger – no, Goldpene

– con i suoi stupidi muscoli enormi e la sua stupida, e straordinariamente bella, faccia.

Ho appena raggiunto l'orgasmo, forte, e voglio già di più.

Mi formicolano le dita dei piedi e mi dolgono i punti
teneri sulla parte posteriore delle cosce, là dove mi sta afferrando, inchiodandomi al letto. La mia fica è spalancata.
Umida. Vulnerabile.

Vuota.

Poi il re selvaggio e ringhiante che sta tra le mie gambe
inizia a torturarmi.

Mi sta leccando le labbra della fica, l'interno delle cosce,
anche intorno al mio buco più privato; mi sta leccando
ovunque, come fa un bambino con un cono gelato. La sua
lingua larga e piatta bagna ogni centimetro quadrato del
mio nucleo pulsante e bramoso, tranne il mio clitoride.

Sono come assente, mentre mi dimeno nella sua presa
d'acciaio, spingendo i fianchi in un futile tentativo di diri-
gere la sua attenzione sul punto in cui la desidero, in cui... *ne
ho più bisogno.*

Mi afferra più forte e inizia a fottermi con la lingua,
dentro e fuori, finché non piango per la frustrazione. Sono
così vicina! Così dannatamente vicina!

Dopo un milione di anni di deliziose torture, cede. La
sua bocca calda e bagnata si posa su quella protuberanza
dolorante e tesa, scuotendola, leccandola, girandole intorno.
Urlo per la forza del mio orgasmo. Macchie bianche
danzano dietro le mie palpebre chiuse mentre il mio nucleo
si stringe ancora e ancora, e lui continua a leccarmi, strappando anche l'ultimo spasmo al mio corpo in fiamme.

Ma non ha finito.

Una volta che il mio orgasmo apocalittico si è finalmente
placato, mi aspetto che smetta.

Non lo fa.

Continua a leccarmi, e le mie grida di estasi si trasformano in strilli di disagio mentre succhia quella piccola protuberanza ipersensibile di carne, facendola rotolare tra le sue labbra, continuando a tenermi saldamente ferma, così da impedirmi di andare in qualsiasi altro posto.

Di cercare una via di fuga.

Tutto quello che posso fare è starmene sdraiata qui e lasciarlo fare, mentre tutto il mio corpo sussulta, finché non inizia ancora una volta a godere.

Cazzo! Sta ricominciando tutto da capo.

"Ti prego". La mia voce sembra provenire da un posto molto lontano.

Lecca la mia fica per qualche altro delizioso, terribile secondo, poi solleva la sua bella testa. "Sì, piccola omega?"

Esito. Non so nemmeno cosa io stia realmente chiedendo. "Ti prego... Devo..."

"Dimmi di cosa hai bisogno", dice con voce suadente.

Scuoto la testa. Non posso chiedergli quello che voglio veramente. "Smettila, ti prego!"

"Lo vuoi davvero?" Le sue dita si fermano.

No! I miei fianchi sussultano, implorandolo silenziosamente.

Con una risatina, riprende quello che stava facendo. Stringo i pugni lungo i fianchi per evitare di afferrare i suoi folti capelli, così da poter strofinare la mia fica contro il suo viso.

Quando un grosso dito scivola dentro la mia vagina fradicia, emetto un gemito. "Dio... per favore!"

Mi ignora, continuando a succhiarmi e leccarmi il clitoride, e ora fa scivolare quel dito dentro e fuori dal mio nucleo, accarezzando, esplorando, finché non trova il punto profondo dentro di me che mi fa emettere un grido disumano.

"Per favore, per favore, per favore..." Il canto implorante raggiunge le mie orecchie. Il *mio* canto implorante. La mia voce è roca. Da quanto tempo lo sto pregando?

"Per favore cosa?" Questa volta, non alza nemmeno la testa, e le sue parole sono attutite dalla mia carne calda e sensibile.

Digrigno i denti. Voglio dirgli di smetterla. Ma morirò, se lo farà. "Non..."

"Non... cosa?"

Non ce la faccio più, voglio dire, ma mi rifiuto di dargli la soddisfazione. Invece, mi mordo il labbro e comincio a recitare nella mia testa le tabelline, nel vano tentativo di distrarmi dalle sensazioni, dal profumo, dal modo in cui un secondo grosso dito si unisce al primo e comincia a spingere. Forte.

"Ti sta piacendo, piccola omega", dice alla fine, tra una leccata e l'altra. "Potrai anche protestare, ma gli umori abbondanti che colano da questa deliziosa fichetta mi dicono il contrario. Tu vuoi questo".

No! Le sue parole mi fanno rabbrividire, e provo di nuovo a divincolarmi dalla sua presa di acciaio.

"Non ho intenzione di smettere. Lo farò per tutto il tempo necessario..."

Non chiederlo. Non chiederlo. "Per tutto il tempo necessario per... cosa?" Sento me stessa dirlo. *Dannazione!*

"Per farti implorare".

"Ti *sto* implorando! Per favore!" L'ultima parola è uno strillo frustrato e petulante.

Lui fa una risatina profonda e indulgente. "No, piccola omega. Non hai nemmeno cominciato a implorarmi. Leccherò e leccherò i tuoi dolci succhi finché non mi implorerai perché ti conceda il mio uccello. Perché ti scopi".

Questa volta, il mio grido è di incredulità. "Allora lo farai per molto tempo", dico più arrogante che mai, con le ginocchia vicino alle orecchie e il suo mento luccicante dei miei succhi. "Non ti implorerò mai per avere il tuo uccello. Mai".

Un'altra risatina arrogante. "Una bella sfida. Vedremo".

La mano che non è impegnata a strofinare il punto G scivola lungo il mio fianco – il suo avambraccio mi sta ancora bloccando saldamente in posizione – e poi re Gold-pene fa qualcosa di meraviglioso. No... di terribile. Incredibile. Incredibilmente terribile.

Usa due dita per sollevare il cappuccio del clitoride, esponendomi ancora di più alle sue cure infallibili.

"Oh, cazzo!" sussurro, mentre il suo respiro caldo soffia sul mio piccolo bocciolo dolorante e teso. "Oh, mio Dio..."

"Come ho detto", mormora, "c'è solo un modo per convincermi a smettere di farlo". Poi lecca là dove mi sta allargando con le dita la fica, tra le labbra e sul clitoride vulnerabile e sensibile. Quando la sua lingua affonda sotto il cappuccio, perdo l'ultimo briciolo di controllo e vengo di nuovo, urlando, quasi levitando dal letto mentre lui mantiene quel passo inesorabile e ritmico. Su, giù, su, giù...

Ancora una volta, continua a leccarmi durante l'orgasmo, obbligandomi ad attraversare lo stadio dell'ipersensibilità, per poi portarmi di nuovo verso l'ennesimo apice di piacere... facendomi raggiungere un picco dopo l'altro... finché non sono rauca per le urla, e tutto quello che posso fare è starmene qui sdraiata, ansimante, attorcigliando le lenzuola quando lui mi procura un'altra serie di contrazioni... mentre il mio clitoride abusato duole, ma continua a reagire al suo tocco. Carpisce fino all'ultimo briciolo di piacere dalla mia carne tremante, e poi riesce, non so come, a suscitarne altro.

I miei umori mi ricoprono le natiche e continuano a fuoriuscire.

Ritrae le dita, finché non ne rimangono solo le punte dentro di me, che usa per allargarmi e tenermi divaricata la figa fino al punto di farmi male.

Brucia così piacevolmente.

La sua lingua sta ancora lambendo il mio clitoride come un metronomo... un incessante battito di piacere da cui non c'è scampo. Il dolore acuto che ora le sue dita mi stanno infliggendo non fa che amplificare la sensazione deliziosa provocata dalla sua lingua e, mentre allarga la mia fessura, posso sentirla mentre cerca di contrarsi e non riesce a farlo.

Il mio nucleo è infiammato. Vuoto. Voglioso.

Sono sul punto di venire e lo sono da quella che sembra essere un'eternità, e Aurus pare intenzionato a tenermi lì, in bilico...

Una tortura completamente nuova.

"Fanculo! Per favore!" La mia voce è stanca. Sto ansimando per lo sforzo.

"Per favore... cosa?" C'è una falsa innocenza nel suo tono. Sta ancora ringhiando, con una vibrazione bassa e risonante che viaggia lungo ogni mia terminazione nervosa.

"Per favore, lasciami venire". Chiudo gli occhi mentre un'ondata di vergogna mi inonda il viso.

"Quando sarò pronto", dice, e riprende a leccare, apparentemente intento a farmi uscire di senno. Non so quanto altro potrò sopportare.

"Per favore!"

"Vuoi implorarmi?"

"Ti *sto* implorando, cazzo!"

"Su, su". Mi morde l'interno della coscia così forte che strillo per il dolore. "Sai cosa voglio sentire".

"Vaffanculo!"

Non lo sto guardando – non voglio vedere la sua bella testa dorata tra le mie gambe oscenamente aperte – ma posso sentire la compiaciuta sicurezza nella sua voce. "La prossima volta che raggiungerai l'orgasmo, piccola omega, sarà con il mio uccello dentro di te. Al suo posto. Al *mio* posto".

Senza darmi un secondo per rispondere, mentre sto ancora digerendo la sua affermazione –e rifiutando di ammettere a me stessa quanto mi abbia eccitata – riprende quel leccare e quel succhiare allettanti, inevitabili, ritmici di quel gonfio, abusato, eppure ancora bisognoso, piccolo bocciolo che sembra essere diventato il fulcro del mio intero mondo... e del suo.

È un incessante scontro mentale, e io lo sto perdendo. Non connetto per la voglia e, quando accelera il ritmo e aumenta la pressione, è abbastanza per mandarmi oltre il limite.

Nel momento in cui inizia il mio orgasmo, gemo, ma il gemito si trasforma in urlo quando lui smette immediatamente di leccarmi là dove ho un disperato bisogno che lo faccia. Invece, osserva, tenendo ancora ben aperta la mia fessura dolorante, mentre io provo a oscillare i fianchi, inseguendo il piacere che mi ha così crudelmente negato proprio quando l'ho finalmente raggiunto.

"Adoro rovinare gli orgasmi", dice in un tono esasperante e disinvolto mentre io gemo di frustrazione e desiderio impotente. "Vedo quella fichetta stretta che si contrae... ma molto più lentamente di quando vieni davvero: così vicino, eppure così lontano. Come ti ho detto prima, il tuo prossimo orgasmo sarà sul mio uccello".

Alla fine rimuove le dita dalla mia fessura e scivola su lungo il mio corpo.

Stringo di nuovo gli occhi mentre sento il suo petto duro e muscoloso trascinarsi sulla mia fica fradicia. È una bella sensazione, ma così umiliante.

Una volta che è sopra di me, la sua faccia a poca distanza dalla mia, trattengo il respiro, aspettandomi di sentire il suo membro che inizia ad allargarmi dolorosamente, così come hanno appena fatto le sue dita.

Voglio tutto questo; me ne rendo conto con un misto di stupore e orrore. Voglio davvero sentirlo dentro di me. Ho *bisogno* di sentirlo dentro di me. Perché? Come mai? È colpa del siero?

Ho ancora gli occhi chiusi. Non riesco a guardarlo. La mia fica palpita, un vaso vuoto che vuole disperatamente essere riempito. Il mio odore aleggia pesante nell'aria: un vergognoso ricordo del tradimento del mio corpo.

Il suo muschio ora è più forte, più potente e inebriante del miglior dopobarba.

Il suo petto massiccio e liscio struscia deliziosamente sopra i miei capezzoli tesi, inviando altre scariche di lussuria direttamente al mio inguine.

Poi Aurus fa qualcosa che non mi sarei mai aspettata in un milione di anni: abbassa la testa e mi bacia. Le sue labbra sono morbide sulle mie, mentre assorbono il mio gemito spaventato, prima che lui mi costringa a cedere, ad accettare che, nella mia bocca, vada a tuffarsi la sua lingua, per poi incontrarsi con la mia.

Posso assaggiare me stessa: aspra, muschiata, un po' dolce.

Il bacio si fa più profondo, quando lui inclina il viso e posa la bocca più saldamente sulle mie labbra, richiamando con la lingua il movimento che vorrei facesse con l'uccello.

La sua lunghezza enorme e rigida è incastrata dentro di me e preme deliziosamente contro le mie labbra ipersensibili e il clitoride. È così grande che non so nemmeno se potrà adattarsi, ma voglio scoprirlo. Voglio che mi riempia fino a traboccare. Voglio che mi scopi fino allo sfinimento.

Non sono mai stata così eccitata in vita mia.

"Per favore", lo prego, la parola attutita dalla sua bocca.

Alza la testa di appena un centimetro. "Sì, piccola omega?"

"Per favore". È un sussurro rauco. Il cuore mi sta battendo forte. "Per favore, fottimi".

Chiudo gli occhi per non vedere la sua reazione e trattengo il respiro, in attesa...

In attesa...

Finché la sua lingua non scivola di nuovo nella mia bocca, leccandola brutalmente prima di impennarsi come un animale imbizzarrito. Afferra il mio vestito e lo fa a brandelli con un solo strattone, strappandolo a metà per disvelare al suo sguardo affamato i miei seni, la mia pancia, tutto il mio corpo.

"Bellissima", dice con tono basso. "Sei bellissima, piccola omega. E voglio scoparti come non ho mai voluto niente prima in vita mia". Si china su di me, mentre i suoi occhi si trasformano in miele bruciato. "E ora lo farò".

5

AURUS

Voglio ruggire, trionfante. La piccola u-man color pesca si è dimostrata più testarda di quanto pensassi... ma alla fine è capitolata, come sapevo che avrebbe fatto. Tutti gli anni in cui ho affinato le mie abilità in camera da letto hanno dato i loro frutti. Non c'è molto che una donna non sia disposta a fare, se vengono utilizzate le giuste tattiche di persuasione.

Trovo che gli orgasmi trattenuti, forzati e rovinati funzionino particolarmente bene.

Il mio membro è umido e dolente da quando ho sentito per la prima volta il dolce profumo dell'omega, ma mi rifiuto di perdere il controllo ora. Questo è il mio momento, e ho intenzione di godermelo.

Fisso lo sguardo sulla visione che ho davanti a me. Strano quanto all'improvviso sembri bella. Quei fianchi snelli, le cosce toniche e slanciate, l'incavo del ventre. I suoi seni sono così piccoli che puntano verso il soffitto anche quando è distesa sulla schiena, come lo è adesso. I capezzoli sono del rosa intenso di un leeberry, e li faccio rotolare tra pollici e indici, assaporando i piccoli miagolii di dolore da lei emessi.

Non è un segreto che mi diverta a tormentare le mie compagne di letto. Un pizzico di sale rende il miele molto più dolce. Alcune sono più pronte di altre ad accettare il dolore, e adoro lo scontro di volontà che ne consegue quando costringo una donna a sopportare più di quanto lei pensa di poter tollerare, indipendentemente dal mio utilizzo del piacere o del dolore per piegarla alla mia volontà.

Vinco sempre.

Gli occhi di questa piccola omega sono chiusi, e mi dispiace. Vorrei vedere come le sue pupille si dilatano, quando la tocco. Quando le causo dolore. Quando la faccio venire.

"Guardami", ordino, gratificato allorché lei obbedisce. Torco con più forza i suoi capezzoli e lei ansima di nuovo. La vena del collo le pulsa molto forte; riesco a vederlo. Mi sistemo meglio e allineo al suo basso ventre il mio rigido membro, guidandone la punta palpitante verso il buchetto stretto, che sta gocciolando così copiosamente.

Ulf, non sapevo che le omega producessero così tanti umori. Mi pizzicano sulla lingua e inviano spire di desiderio che si attorcigliano nelle mie viscere. Però lei è così piccola e io sono così ben dotato che sarà contenta di questa lubrificazione.

"Non distogliere lo sguardo", continuo, costringendomi a controllare il respiro. È stata un'attesa così lunga, e io sono come un animale affamato che sta finalmente per nutrirsi. Devo andarci piano.

Voglio che sia memorabile.

I suoi occhi sono di un verde chiaro; me ne rendo conto quando le afferro le caviglie, divaricando e spingendo indietro ancora di più le sue gambe snelle. Guardando in basso, noto che il bocciolo rigido cui ho prestato così tanta attenzione fa capolino da sotto il cappuccio – gonfio, lucido, teso – come se ne volesse ancora.

Dovrà aspettare. Per prima cosa, rivendicherò la mia omega.

Con un ruggito e una spinta poderosa, mi tuffo nella sua fica stretta, costringendomi a entrare fino all'elsa con un solo movimento fluido.

L'u-man trema sotto di me. Gli occhi, dietro le palpebre pesanti, sono come offuscati.

Mi rendo conto che sta raggiungendo l'orgasmo.

Di già.

Non mi sto nemmeno muovendo.

Allungo una mano verso il basso per darle un leggero pizzicotto sul clitoride e vengo ricompensato con un gemito gutturale, mentre la sua fichetta incredibilmente stretta mi strizza ritmicamente il cazzo.

"Te l'avevo detto che il tuo prossimo orgasmo sarebbe stato sul mio uccello", le dico; poi inizio a muovermi.

Ulf, aiutami! Scopare la mia omega è la cosa più piacevole che abbia mai provato. Quando sento di aver tenuto abbastanza in considerazione il suo godimento, decido di iniziare a concentrarmi sul mio, immergendomi dentro e fuori di lei con famelico abbandono.

Si stringe intorno a me come una morsa di seta. Piccoli miagolii le sfuggono dalle labbra socchiuse mentre tengo le sue gambe divaricate oscenamente e prendo ciò che è mio.

Non vorrei che finisse mai, ma il mio orgasmo si sta avvicinando con una rapidità quasi imbarazzante.

Non che la cosa mi sorprenda. Ce l'ho duro da quella che mi sembra essere un'eternità.

Mollata la presa sulle sue caviglie, mi abbasso e mi riposo un po' sugli avambracci, mentre faccio pressione su quel punto sensibile grazie al quale tutte le femmine possono essere domate.

Riesco a sentirlo: è una piccola protuberanza dura che schiaccio a ogni movimento di bacino, facendola fremere sotto di me. Emette un gemito affannoso ad ogni spinta, e io aumento il ritmo.

I miei testicoli sono pesanti, pieni, doloranti.

"Guardami!" La mia voce è roca, carica di desiderio. "Guardami mentre ti possiedo!"

Come con enorme sforzo, apre i suoi occhi color smeraldo, le sue pupille così dilatate che riesco a malapena a distinguere il verde. "Per favore..." mi implora con voce rauca.

"Ancora? Vuoi venire di nuovo?" Mentre ancora glielo chiedo, sento che il bulbo inizia a formarsi attorno alla base del mio membro palpitante e pulsante. Non esiste nient'altro al di fuori di questa piccola omega e delle sensazioni che provo scopandola.

"Sì", ansima. Poi: "No!" Geme e sbatte la testa avanti e indietro. "Non lo so".

Povera, dolce omega! "Non devi venire per forza", le concedo. Mi appoggio sugli avambracci, liberandola dal peso del mio corpo. Adesso tocca a me. Comincio a spingere ancora più forte. Devo mantenere un certo autocontrollo, dato che lei è una cosuccia minuscola e fragile, ma il bulbo si è espanso completamente, bloccandola a me, costringendomi a scoparla più forte per potermi liberare.

"Oh, sì!" urla, e questo mi spinge al limite.

Con un ruggito e un'enorme spinta che la fa affondare nel materasso, raggiungo l'orgasmo. Quando schizzo, il mio uccello sussulta dentro di lei, mentre onde di piacere indescrivibile si innalzano dal mio inguine e si propagano lungo tutto il mio corpo.

La sua fica stretta sta palpitando intorno a me, o forse me lo sto immaginando; fatto sta che vengo ancora più forte mentre la piccola omega munge da me fino all'ultima goccia del mio seme.

Alla fine, mi accascio su di lei, poggiando di nuovo gran parte del mio peso sugli avambracci, per evitare di schiacciarla. Il mio cuore si sta schiantando nel petto; i miei sensi vacillano, pieni del profumo, gusto, sensazione di lei.

È solo dopo un momento che mi rendo conto che si sta dimenando sotto di me. Mi sollevo abbastanza da poter guardare il suo viso. "Che c'è?" le chiedo.

Si morde il labbro inferiore e distoglie lo sguardo, mentre le sue guance si colorano di un rosa acceso.

"Dimmelo", la esorto, "o ti costringerò io".

Borbotta qualcosa.

"Più forte", le ordino, e lei mi guarda torvo come se stesse per attaccare. Guerrieri nemici mi hanno rivolto sguardi più amichevoli.

"Non sono venuta, va bene?" E aggiunge qualcosa con una voce più bassa che suona come: *fottuto stronzo*.

Nessuno mi insulta da molto molto tempo. Di certo non in faccia.

Di certo non quando sono dentro di loro. Questa è la prima volta che mi unisco alla mia omega e volevo che fosse un momento bellissimo e perfetto.

Invece, è torva come se volesse mordermi. E non sarebbe delizioso se lo facesse?

Rido, scegliendo di ignorare il suo insulto. "Non sei come mi aspettavo".

"Vabbè".

Muovendo un po' i fianchi – guadagnandomi un gratificante gemito da parte sua – mi accorgo che il bulbo si è sgonfiato abbastanza da consentirmi di estrarre il pene; quindi lo faccio. Inginocchiato tra le sue cosce, guardo in basso la fonte della sua sofferenza – e gioia –osservando affascinato il mio seme, bianco latte, che trasuda tra le labbra gonfie, rosa e bagnate della sua fica.

Il clitoride è ancora gonfio fino al doppio della sua dimensione precedente, una piccola bacca rossa che fa male al mio tocco.

"È di questo che hai bisogno?" canticchio, picchiettandoci appena sopra. "Hai bisogno che ti strofini qui finché non perdi il controllo?"

Il suo grido è simile a quello di un animale ferito. Serra ancora una volta gli occhi, le lunghe ciglia scure che contrastano con la pallida pelle. Posso sentire la sua umiliazione. Adoro tutto questo.

Raccolgo una piccola quantità dei nostri succhi mescolati, che fuoriescono così opportunamente da lei come un fiume costante e infinito, e la poso sul suo clitoride dilatato. Poi comincio a strofinare, meravigliandomi di quanto sia dura la protuberanza mentre salta sotto il mio dito. "Ti piace questo, piccola omega?" le chiedo. "Che cosuccia avida! Ancora vuoi godere, dopo che sei già venuta così tante volte che ho perso il conto. Ti piace quando strofino così il mio sperma sul tuo sensibile e palpitante bottoncino?"

Sta tremando, mentre le sue dita attorcigliano le lenzuola. Sta cercando di resistere.

"A te la scelta", le dico. "Puoi raggiungere l'orgasmo ora o farti scoparti per bene di nuovo. Posso portarti al limite e poi fermarmi... guardarti mentre ti contorci e ansimi intanto che quelle meravigliose sensazioni svaniscono, lasciandoti stranamente soddisfatta ma senza quell'intenso piacere. Allora, cosa scegli?

Scuote la testa, impotente: l'ennesimo segno del suo imbarazzo.

Mi sto divertendo così tanto che mi sta già ridiventando duro. Voglio testare la sua reazione al dolore; quindi la schiaffeggio sulle natiche, forte, ancora e ancora; lato destro, lato sinistro, fino a quando la sua pallida pelle non è ricoperta di livide impronte. I miei marchi.

I miei.

Sussulta e si contorce, ma il suo profumo racconta una storia diversa.

"Sembra che ti piaccia il dolore, piccola omega", continuo, accarezzando la carne arrossata. "Una cosa da esplorare ulteriormente. Ma non ora". Raccolgo ancora un po' dei nostri succhi mescolati, lucidi sulla punta delle dita, e lo poso sul suo clitoride gonfio. "Ora, sopporterai la vergogna dell'essere così indifesa ed esposta davanti a me mentre spalmerò il mio seme su questo bottoncino sensibile, finché non reggerai più e *io* deciderò se farti raggiungere il piacere o se prendermelo da te all'ultimo momento".

Emette un gemito e sento la sua intera fica contrarsi sotto la punta del mio dito, la sua protuberanza tesa e rigida che salta incontrollabilmente mentre lei raggiunge l'orgasmo. Piccoli getti dei nostri fluidi mescolati fuoriescono dalla sua vagina contratta.

"Così", la esorto a lasciarsi andare, mentre continuo ad accarezzarla, con il mio cazzo che palpita alla vista estremamente erotica. "Non fare niente. Lascia solo che accada. Voglio tirar fuori da te fino all'ultima goccia di questo piacere. Poi ti capovolgerò e ti fotterò ancora una volta questo piccolo buco che si contorce..."

"Oh, cazzo!" mormora, mentre tutto il suo corpo trema.

Faccio una piccola risatina. "Non opporre resistenza,

piccola omega", le dico, continuando ad accarezzarla. "Non vincerai mai. Quindi potresti anche arrenderti ora".

Poi gira la testa, apre gli occhi e incontra il mio sguardo. Sebbene stia ancora tremando, sebbene io la tenga ancora bloccata in quella posizione umiliante, mostra di avere carattere. Ribatte con una sola, adorabile parola: "Mai".

Vedremo.

6

KIM

Mi sveglio senza avere la minima idea di dove mi trovi. Mi occorre un momento per orientarmi mentre sbatto le palpebre, intontita, cercando di schiarirmi la vista abbastanza da poter vedere l'ambiente circostante.

Cuscini.

Sono circondata da un marea di cuscini.

Uno grosso, viola, è incastrato per metà contro la mia faccia, e lo spingo via. Sono frustrata, piena di aggressività repressa; ma perché? Mi sposto, cercando di alzarmi in piedi, e una fitta lancinante mi trafigge, dall'inguine su fino al petto. Mi fanno male gli addominali. Mi fanno male le cosce. *Mi* fa male tutto.

I ricordi ritornano come un secchio di acqua ghiacciata gettato sopra la mia testa.

Aurus.

Il sesso.

Oddio, il sesso!

Non ho mai visto niente del genere. Il modo in cui mi ha

baciato, accarezzato... fottuto. Il solo ricordo è sufficiente a farmi pulsare forte il clitoride. L'ho implorato per il suo uccello... La mia faccia si infiamma, ma di sicuro, se si ripetessero le circostanze della notte scorsa, lo supplicherei di nuovo.

Dov'è? Riesco a rimettermi in posizione seduta al secondo tentativo, emettendo un piccolo gemito di sgomento quando vedo in che stato sono: nuda, con livide impronte ancora sulle mie cosce là dove mi ha schiaffeggiato, i capezzoli rossi e infiammati che probabilmente non torneranno mai più giù e... sperma essiccato. È ovunque: un residuo bianco appiccicoso che ricopre la mia carne, l'interno delle cosce e Dio solo sa cos'altro.

Bleah.

Ho davvero bisogno di una doccia. *E di qualcosa da mangiare*, aggiungo mentalmente, mentre avverto un gorgoglio disperato nella pancia.

Come se mi avessero sentito, tre donne appaiono da una porta nascosta – perché non ci sono porte davvero evidenti in questo posto? – e scivolano verso di me. Riconosco Juno, ma non le altre due che restano indietro, a breve distanza da lei. Anche se prima mi hanno vista nuda, non mi hanno vista così eccitata e macchiata di sperma secco. Nel patetico tentativo di coprirmi, afferro in fretta alcuni di quegli stupidi cuscini.

"Come ti senti?" mi chiede Juno, mentre una piccola ruga di preoccupazione le attraversa la fronte altrimenti perfetta. Se anche il mio stato la sconvolge, non lo dà a vedere.

"Uno schifo", gemo. Provo a passarmi una mano tra i capelli, ma sono arruffati dal sonno. "Sono affamata. E ho bisogno di un bagno. Dov'è Aurus?"

Lei fa una piccola risata. "Non ne ho idea. Non sono a conoscenza dell'andirivieni di Sua Maestà. Ma è sempre impegnato. Ha un regno da governare".

Ignorando la stretta nel profondo del mio petto dovuta alla delusione suscitata dalle sue parole, mi scosto i capelli dal viso e sollevo il mento. Probabilmente è meglio che Aurus non sia qui, comunque. C'è qualcosa in lui che mi fa perdere il controllo assoluto delle mie facoltà, trasformandomi in una ninfomane furiosa e disperata.

Fanculo la mia libido! Fanculo Goldpene con il suo gigantesco, fantastico... uccello dorato!

"Ecco". Juno prende un pezzo di quella che sembra seta da una delle ragazze dietro di lei e me lo porge. "Una tunica. Se verrai con noi, ti faremo fare il bagno e ti daremo del cibo".

Mi infilo la tunica, stringendomela in vita. Il materiale è morbido e di un bel verde intenso. "Grazie", dico. La mia gola è secca, la voce rauca per le urla.

Non sapevo fosse possibile venire così forte.

"Ho bisogno di qualcosa da bere", dico ad alta voce, accantonando i ricordi erotici. "Per favore". Con Aurus fuori dai piedi, posso concentrarmi. Quindi vado a fare il bagno, mangio e scappo. In questo ordine.

"Naturalmente. Troverai tutto nelle nostre camere".

Le due donne dietro Juno si fanno avanti per aiutarmi, ma dico loro che sono perfettamente in grado di alzarmi dal letto da sola. Non sono un'invalida.

Perciò è umiliante che, una volta che i miei piedi toccano terra e mi alzo in piedi, mi si pieghino le ginocchia e io barcolli. Ma per quanto tempo sono stata a letto con lui? È come se avessi dimenticato come si cammina.

"Per favore, lascia che ti aiutiamo", si offre Juno a bassa

voce. "Se dovesse succederti qualcosa, saremmo noi a pagarne il prezzo".

"Questo è vergognoso!"

Ignorandomi, si gira e io permetto alle altre due di camminare al mio fianco mentre la seguo. Ognuna mi tiene stretta al gomito. Non mi piace essere trattata come una fanciulla indifesa, ma queste donne non hanno fatto nulla di male. Non ho intenzione di metterle nei guai.

La tunica, con le sue pieghe aderenti, fruscia intorno alle mie caviglie. Oltretutto, è quasi trasparente e rivela le mie forme, invece di nasconderle. Non mi sento a mio agio con questa addosso. Quando riprenderò le forze, voglio poter correre. Muovermi.

Dopotutto, devo pianificare la mia fuga.

Una vasta selezione di armi adorna il muro accanto a una delle porte nascoste. Ogni tipo di spade e coltelli lunghi, alcuni curvi, altri dritti. Mi rendo conto che sono gli stessi che ho visto quando sono entrata, allorché le ragazze dell'harem mi hanno portato a conoscere Goldpene. Prima di... Chiudo gli occhi e deglutisco a fatica, combattendo l'ondata di lussuria suscitata dai ricordi. "A cosa servono?"

"Sono perlopiù per decorazione", risponde Juno con una piccola scrollata di spalle. "Ma Sua Maestà è abile nell'usarle tutte. Gli piace avere sempre delle armi a portata di mano, nel caso avesse bisogno di difendersi. O di difendere noi".

"Vi ha insegnato a usarle?" Mantengo il mio tono ingannevolmente disinvolto. Qualcosa in me vuole correre al muro ed esaminare meglio le armi.

La donna alla mia destra sbuffa un po', e Juno le lancia un'occhiata da sopra la spalla. "No", risponde. "Le cortigiane non hanno bisogno di combattere. Per quello ci sono gli alfa".

"Gli alfa?"

Annuisce. "Ogni alfa di Aurum è addestrato come soldato".

Interessante. "Ci sono delle femmine alfa?"

"Certo che no!" Juno sembra inorridita.

"Perché no?" Sinceramente non capisco perché per loro sia un concetto così assurdo.

"Le femmine esistono per riprodursi, per il piacere, le cure, l'arte... non abbiamo nulla a che spartire con i campi di battaglia. Tuttavia, per la nostra stessa protezione, ci vengono dati questi. Silki?"

La donna alla mia destra smette di camminare e solleva il vestito. Un piccolo pugnale ingioiellato è legato alla sua coscia sinistra. Abbastanza piccolo da poter essere celato sotto un indumento. Contraggo le dita. Forse posso avere anch'io un piccolo pugnale.

Stiamo camminando a fatica lungo l'infinitamente lungo e sfarzoso corridoio che ricordo di aver percorso mentre andavo da Aurus. È successo ieri? La scorsa notte? Ho perso la cognizione del tempo. Il mio ritmo circadiano è incasinato. "Perché avete bisogno di così tanti soldati?" chiedo. "Siete in guerra?"

"Non con nessuno degli altri re, al momento; no. Ma a volte veniamo attaccati dall'esterno. Ci sono guerrieri pronti a rubare ciò che non è loro: risorse, schiavi. E ce ne sono altri che vorrebbero conquistare Ulfaria".

Abbiamo finalmente raggiunto quello che in privato chiamo il *quartier generale dell'harem*, dove mi sono svegliata ieri, o quando cazzo era. "Mi piacerebbe davvero quel drink, adesso", dico, leccandomi le labbra secche per l'ennesima volta.

Juno prende un calice da una donna che gironzola nei

pressi e me lo porge. È lo stesso liquido rinfrescante che ho bevuto l'ultima volta. Lo tracanno con gratitudine.

"Vuoi prima mangiare o fare il bagno?" mi chiede.

Il mio stomaco sceglie proprio quel momento per brontolare forte. "Mangiare", dico, imbarazzata.

"Molto bene. Abbiamo apparecchiato per te qui". Mi conduce in un angolo e, con un cenno della mano, mi indica una fila di piatti.

Guardo con cautela il cibo. "C'è del cibo... animale?" le chiedo.

"Carne?"

"Sì, quella". Sembra che alcune parole di base siano svanite dal mio vocabolario, insieme a molti dei miei ricordi.

"In quei tre piatti". Me li indica.

"Grazie". Sono tentata di chiedere che tipo di animale, ma poi mi rendo conto che, in realtà, non voglio saperlo. Ho troppa fame. Avanzo lungo la fila, provando un boccone di ogni pietanza. Quelle a base di carne sono leggermente speziate ma magre, e buone. C'è qualcosa di viscido e verde che non provo nemmeno, poiché alla vista non mi invoglia affatto. L'ultimo piatto è qualcosa di cremoso e dolce, con una consistenza simile allo yogurt. È proprio quello che desideravo, tanto che ci immergo il cucchiaio ancora e ancora, fino a quando la ciotola non è vuota. Un altro piatto contiene una specie di frutta. La polpa è croccante, come quella della mela, e, quando la mordo, sento un'esplosione di sapore sulla lingua.

"Oh, wow!" esclamo, troppo affamata per preoccuparmi del fatto che sto parlando con la bocca piena. "È buono. Che cos'è?"

"Kiktu", risponde gentilmente una delle donne.

"Grazie", riesco a dire. Proverò a ricordarmelo.

Finito di mangiare a sazietà, posso farmi un bagno.

Questa volta mi lavo da sola, anche se c'è sempre qualcuno che si aggira nelle vicinanze, nel caso avessi bisogno di qualcosa.

Temo che la fuga si rivelerà difficile. Ma ce la farò.

Mi godo l'acqua profumata, lasciando che lenisca i miei muscoli tesi e doloranti, mentre inspiro profondamente, per liberarmi da ogni minima traccia di quel forte odore muschiato e di pelle che persiste nelle mie narici.

Il profumo di Aurus. Quello che mi fa spalmare panna sulle mutandine. Ancora e ancora.

Accidenti!

Giurando di smettere di pensare a lui, mi concentro invece sulla mia priorità principale: scappare. In qualche modo me ne andrò da qui. E sapere, come si suol dire, è potere. Quindi, una volta che ho finito il bagno, mi sono asciugata e infilata un altro abito leggero – questo è di un rosa pastello ridicolmente femminile – cerco Juno.

"Adesso che succede?" le chiedo.

È sdraiata su una pila di cuscini, con gli occhi chiusi. Guardandomi intorno, vedo le altre ragazze dell'harem fare tutte la stessa cosa: niente. Varie forme di nulla.

"Mettiti comoda", mi esorta lei. "E aspetta".

"Aspetto cosa?"

Gira la testa e alza le lunghe ciglia abbastanza in alto da lanciarmi un serio sguardo alieno. "Che Sua Maestà ti convochi di nuovo".

"È questo tutto ciò che fate voi?" Sono incredula.

Fa una piccola scrollata di spalle. "È un grande onore essere scelta come cortigiana del re. Gli altri beta devono lavorare sodo per sfamare se stessi e le loro famiglie. Lunghe ore. Lavoro massacrante, in alcuni casi. Qui veniamo nutrite, vestite e viviamo nel lusso".

"Venite pagate?" le chiedo.

Un'altra occhiataccia. "No, certo che no! Non abbiamo bisogno di alcun compenso. Tutte le nostre esigenze vengono soddisfatte".

Mi lascio cadere su uno sgabello vicino, a gambe incrociate, tirandomi la gonna del vestito sopra le ginocchia. "Cos'è un beta?"

Segue una pausa. Alla fine, ormai certa che non me ne andrò e non smetterò di infastidirla, Juno apre completamente gli occhi e si sistema di fronte a me. Lei è ancora sdraiata, molto femminile, l'immagine stessa della seduzione.

Nel frattempo, sono appollaiata sullo sgabello come una bambina desiderosa di ascoltare una storia.

"La società è divisa in tre classi", esordisce. "Gli alfa sono i capi. Re Aurus è un alfa, ovviamente, così come gli altri otto re conosciuti. E i soldati".

"Sono tutti maschi?"

"Quasi tutti. Ho sentito storie di alfa femmine, ma non ne ho mai vista o incontrata una, né qualcun altro che l'abbia fatto.

"Tipico", mormoro sottovoce. Poi, quando Juno mi lancia un'occhiata, le dico: "Scusa. Continua, per favore".

Seccata, emette un piccolo sbuffo. La pomposità sembra essere un tratto intrinseco degli ulfarri, a giudicare da Lenah, Juno e Aurus. "I beta costituiscono la maggioranza della società. Tutte noi cortigiane siamo beta. I beta lavorano in tutti i campi, dalla medicina all'edilizia, dall'insegnamento all'arte".

"Quindi ci sono anche dei beta maschi?"

"Sì. Naturalmente".

Naturalmente. Evito di alzare gli occhi al cielo. "E... le omega?" Dato che, a quanto pare, questo è ciò che sono, sono molto interessata a scoprire cosa significhi esattamente per loro.

"Le omega sono le più rare di tutti. Preziose. Speciali. Si sono estinte quasi tutte con la generazione dei nostri genitori, o almeno così pensavamo. Poi Khan è tornato con Emma".

Immediatamente, sono in massima allerta. Il mio battito accelera. "Emma?"

"Khan è il re Errante. Viaggia per l'universo, cercando in apparenza di promuovere gli interessi di Ulfaria; in realtà, si è poi scoperto, vaga per tutto il tempo alla ricerca di omega. E alla fine è riuscito a trovarne una: Emma. Un essere umano, come te".

Un'umana? Qui? Su Ulfaria? "Ma lei dov'è?" riesco a dire, imponendomi di mostrarmi calma.

"Ad Altrim", mi informa Juno, come se fossi stupida. "Accanto al suo re".

Altrim. Prendo mentalmente nota. Finalmente ho una destinazione precisa per quando scapperò da questo posto. "E perché... il Re Errante... era così ansioso di trovare un'omega?" Questa è la domanda da un milione di dollari, vero? Cosa ci rende così speciali da dover essere rapite e portate su un pianeta alieno per essere... Mi rifiuto di finire quella frase, perfino nella mia mente.

Juno fa un piccolo sospiro. "Per potersi riprodurre. Gli accoppiamenti beta/beta producono quasi sempre una prole beta. Gli alfa nascono molto raramente e le omega ancora più raramente. Non ho mai sentito che sia successo in vita mia. Quando gli alfa si accoppiano con le omega, tuttavia, danno sempre alla luce una progenie alfa od omega".

Tutto qui? Sono stata imprigionata qui ed eccitata fino allo spasimo da Goldpene solo per partorire dei bambini?

"Cosa c'è che non va nella progenie beta?" le chiedo. "Mi sembra che siano capaci di qualsiasi cosa di cui sono capaci gli alfa o le omega".

"Gli alfa sono più forti. Più grandi. Dei guerrieri migliori. Ci proteggono da tutte le minacce".

Uh! Beh, Aurus è certamente enorme. Fa sembrare i bodybuilder umani delle figure stilizzate.

"Gli ulfarri alfa hanno una reputazione che li precede in tutto l'universo conosciuto", afferma Juno, proseguendo il mio corso accelerato sugli alieni. "Sono chiamati "i Brutali"".

I Brutali. Si addice ad Aurus. È stato un animale la scorsa notte. Enorme e delizioso, stretto nella morsa della lussuria più selvaggia. Porto ancora i segni delle sue dita e dei suoi denti sulla pelle. Troverei la cosa intensamente soddisfacente, se non fossi così determinata ad essere arrabbiata per questo. "E le omega? Cos'altro sanno fare, a parte mettere al mondo bambini?"

"Inducono il calore negli alfa. Sono gentili. Dolci. Compassionevoli. Femminili". Mentre dice l'ultima parola, mi lancia un'occhiata, e io sporgo il mento. "Ma, soprattutto, abbiamo bisogno di loro per allevare una nuova generazione di soldati in grado di difendere questo pianeta".

Ah! Se Aurus pensa di avere da me un qualsiasi tipo di bambino... si sbaglia di grosso. Non succederà mai. "Capisco", dico. Le pongo la mia prossima domanda, anche se sono abbastanza sicura della risposta. "Il calore?"

"Penso che tu l'abbia provato ieri sera". Juno alza un sopracciglio.

In modo irritante, sento le mie guance diventare calde. "Sì", mormoro, fissando il pavimento. "Penso di averlo provato. È come... l'estro?"

"Sia gli alfa che le omega sono biologicamente programmati per riprodursi", dice Lenah, apparendo dal nulla.

Quelle maledette porte nascoste! Devo capire dove sono tutte e come si aprono. "È così?"

"I loro feromoni hanno la funzione di far impazzire di

lussuria il proprio compagno ideale. Anche solo sentirne l'odore da vicino è sufficiente per indurre il calore negli alfa e l'estro nelle omega. Lenah sprofonda con grazia su un'altra pila di cuscini.

"Ma anche gli alfa e i beta possono... accoppiarsi?" le chiedo. "Voglio dire, è sicuro che possono farlo, se voi siete beta e Aurus..." Mi fermo, non volendo pensarci troppo.

"Possiamo assolutamente divertirci a letto", dice Juno strizzandomi l'occhio. "Ma è solo per piacere. Gli alfa non possono impregnare le beta".

"Oh".

"Com'è l'estro?" La domanda, posta a bassa voce, proviene da una splendida ragazza azzurro pallido che, in qualche modo, si è materializzata alla mia sinistra. "E il calore? Com'è Sua Maestà, quando è in calore?"

"Annay! Non fare domande così sfacciate!" la rimprovera Lena. "Non è affar nostro!"

Non era proprio mia intenzione spiegarlo, ma il modo in cui Lenah tratta l'altra ragazza mi irrita, inducendomi a risponderle: "Immagina la lussuria più profonda, oscura e totalizzante che tu abbia mai provato", comincio lentamente, cercando il modo migliore per descriverlo. "Poi moltiplicalo per una dozzina. Estremamente piacevole. Quanto ad Aurus, sua maestà", mi affretto a correggermi, a un'occhiata severa di Lenah, "era fuori controllo".

Juno si fa beffe di me: "È impossibile. Sua Maestà ha sempre il controllo. Sempre".

Scrollo le spalle. "Se lo dici tu. Di certo non sembrava proprio, quando ero nel suo letto".

"È risaputo che il calore fa perdere il controllo anche al più forte degli alfa", dice Annay. C'è un tono malinconico nella sua voce calma.

"Agli alfa, forse", ammette Juno. "Ma non a re Aurus".

"Quindi ci sono nove re?" Voglio cambiare argomento. Qualsiasi cosa che mi distragga dal ricordo delle dita e della bocca di Aurus sul mio clitoride, che ancora una volta pulsa insistentemente.

"Ce ne sono più di nove su Ulfaria", spiega Lenah, "ma nove sono i re che si riuniscono per formare il Consiglio".

"Capisco". Non capisco. Ma non mi interessa davvero. Sono più interessata all'altra umana: Emma. Come è arrivata fin qui? Forse può dirmi come ho fatto a risvegliarmi in questo fottuto harem alieno. Devo trovarla. Ho così tante domande. "Sono lontani?"

"Alcuni sono più vicini di altri. Altri sono lontani, sì. Ulfaria è grande".

"Più grande della Terra?" le chiedo.

"Questa è una domanda per uno dei maghi", dice Juno con riverenza.

Aspetta! Cosa? "Maghi?" Ripeto a pappagallo.

"L'élite beta. Coloro che praticano la guarigione e sviluppano la tecnologia magica. Coloro che hanno creato il portale per farti giungere qua".

In altre parole, quelli che possono tirarmi fuori di qui. Spero. "Capisco", ripeto.

È davvero troppo da digerire. La mia mente corre e sto diventando impaziente. Non andrò da nessuna parte limitandomi a rilassarmi e a sembrare carina. Comunque, quello non è certo il mio forte.

"Dov'è ora re Aurus?" chiedo. Le ragazze sembrano più inclini a rispondere favorevolmente se lo chiamo con gli onorifici che ritengono si meriti.

"All'allenamento", si offre volontaria Silki. "Nell'arena".

Sembra molto più interessante che oziare. "Possiamo andare a dare un'occhiata?"

"Assolutamente no". Il tono di Lenah non ammette discussioni.

Me ne infischio. "Vi chiedo di portarmi da lui", dico più imperiosamente che posso. Se mi vedono davvero come una preziosa omega, vorranno sicuramente rendermi felice.

Juno sembra incerta. "Se lei lo desidera..."

"Te lo proibisco", la interrompe Lenah.

"Non credo", comincio lentamente, "di dover prendere ordini da te".

Segue un lungo, tormentoso silenzio.

Poi Juno conclude: "Ha ragione. Ci è stato ordinato di prenderci cura di lei, ma non di comandarla. Solo Sua Maestà può farlo".

Pensa solamente di poterlo fare, aggiungo in silenzio; poi intravedo un bagliore dorato sulla coscia di Silki: il suo pugnale. In un impeto di rabbia, faccio un balzo e lo estraggo velocemente dalla sua guaina.

Non so nemmeno come ci sia riuscita, ma pare che sappia muovermi velocemente, se voglio. Alzo l'arma: me la sento bene nel palmo. La luce brilla sulla lama affilata.

Le donne sussultano all'unisono.

"Non farò del male a nessuna di voi", le rassicuro, resistendo all'impulso di alzare gli occhi al cielo. "Ma vi chiedo di portarmi nell'arena dove si trova Aurus".

Segue un lungo silenzio. Una ragazza color albicocca lancia uno sguardo terrorizzato a Lenah, che stringe le labbra e scuote la testa quasi impercettibilmente.

"No?" chiedo, quando non vedo volontarie. "Beh, non volevo farlo, ma non mi lasciate altra scelta". Prendendo una grossa matassa dei miei capelli, lunghi fino alle spalle, la taglio via con il pugnale.

Le beta sussultano.

"No!" Juno urla, balzando in avanti. "Sua maestà..."

"Fanculo sua maestà!" Scatto e il mio pubblico sussulta di nuovo. Continuo a tagliare finché i lucidi riccioli dorati non si sono accumulati intorno ai miei piedi nudi. "Non è qui, vero? Non gli è importato restare in zona la mattina dopo; allora non gli importerà neanche di questo, vero?" Mi passo le mani tra i capelli corti e arruffati e li scompiglio per far cadere le ciocche tagliate dalla mia testa. La pelle mi prude a causa dei peli caduti. Una parte di me è trionfante, ma l'altra è nauseata per la rabbia. "Mi ha lasciata da sola. Non ha un cazzo di voce in capitolo".

È per questo che sono così arrabbiata, però? Perché Aurus non è qui? Perché, dopo tutte quelle stronzate sul fatto che io sono questa omega speciale e il calore, l'estro e così via, tutto quel fasto e quelle cerimonie, nel momento stesso in cui si è effettivamente bagnato l'uccello – anche se diverse volte di seguito – ha deciso di aver già dato con me?

E se è così... perché questo mi turba? Perché mi importa? Non voglio essere il suo giocattolo, comunque.

Lancio uno sguardo torvo al gruppo di femmine ulfarri dai colori vivaci che mi fissano a bocca aperta. Due hanno le mani sulla bocca. Il volto di Lenah è come pietrificato.

"A Sua Maestà importerà", dice infine Juno. La sua voce è dolce: un contrasto enorme con il mio sfogo urlato. "E, per dimostrartelo, ti porterò da lui".

"Grazie", mormoro. Come prova della mia buona fede, poso il pugnale su un tavolo vicino, anche se in realtà vorrei tenerlo. Interessante il fatto che mi senta così bene con un'arma in mano. Silki si precipita in avanti e afferra il pugnale, portandoselo al petto. Sembra affranta come se avessi appena accoltellato il suo cucciolo.

È solo quando Juno si gira e inizia a scivolare via, ovviamente aspettandosi che io la segua, che sento la prima fitta di rimpianto. Non dovrei comportarmi come una bambina, indipendentemente dalla situazione. E se Aurus decidesse di punire le beta per la mia trasgressione?

Dannazione, perché è tutto così complicato? Devo andar via di qui.

7

AURUS

Nei campi di allenamento il calore è così denso da potersi tagliare con un coltello. La sabbia brucia, e anche il sudore che mi sta colando negli occhi. La calda pressione e il peso delle mie armi sono qualcosa di concreto. Di familiare. Continuo ad addestrarmi con il mio esercito ogni volta che posso, ma oggi ho la mente piena di pensieri su una piccola creatura color pesca e oro...

Il suo odore...

Il suo sapore...

Il modo in cui il suo calore setoso avvolge il mio cazzo, quando la scopo...

Swish! Giro e abbasso il capo appena in tempo, quando la lama del mio avversario lampeggia sopra la mia testa, tagliando l'aria con la precisione tipica dell'esercito di Aurum. Lo spostamento d'aria causato dal coltello mi scompiglia i capelli.

C'è mancato poco.

Mentre combattiamo, i soli picchiano sui nostri corpi madidi di sudore e la luce si riverbera nell'aria afosa. Oggi mi sto concentrando sul combattimento ravvicinato, con un lungo pugnale in ogni mano, così come il mio avversario, un giovane soldato di nome Antradx. È di diversi anni più giovane di me ed è più agile; eppure trovo facile disarmarlo.

Quando mi concentro.

Quando sono distratto, come adesso, dal pensiero della piccola omega miagolante mentre la riempio del mio seme, battere Antradx è un po' più difficile.

Ma solo un po'.

Ho scopato la mia nuova compagna fino allo sfinimento... mio e di lei. Avevo intenzione di riposarmi un po', mangiare un boccone e poi scoparla ancora, ma sembra che l'estro artificiale indotto dal siero di Ogsul sia meno stabile dell'estro naturale. Mentre il Re Errante mi ha assicurato che il ciclo della sua compagna è durato alcuni giorni, come è tipico per le omega nate su Ulfarri, sembra che per Kim sia diverso. Quando mi sono svegliato, il suo estro era svanito e con esso il mio calore.

Perfino nel sonno aveva il faccino pallido tirato per la stanchezza; così l'ho lasciata dormire, dopo aver impartito a Lenah l'ordine di riportarla nelle camere del piacere, se si fosse svegliata in mia assenza.

Nel frattempo, non più distratto dall'insopportabile pulsare nel mio uccello, mi sono diretto al campo di addestramento per un incontro di pratica di combattimento.

Mi piace non essere troppo formale durante gli allenamenti, motivo per cui sono vestito come gli altri: pantaloni leggeri con una protezione inguinale incorporata e stivali morbidi e comodi che danno l'impressione a chi li indossa di camminare a piedi nudi. Un paio di soldati indossano delle casacche, ma io, come la maggior parte dei miei compagni guerrieri, preferisco lottare a petto nudo. I soli di Ulfaria pongono in risalto i nostri marchi, e mi piace che, sulla mia pelle, le strisce e i vortici brillino quasi come rame.

Le lame di Antradx lampeggiano mentre tagliano l'aria là, dove pochi istanti fa, si trovava la mia testa. Mi giro, atterrando sulle mani; poi sono di nuovo sui piedi. "Bel tentativo!" dico, sorridendo. "Ma dovrai fare di meglio".

Avanza ancora una volta. "Ho sentito che la sua omega è finalmente arrivata", dice. "Cosa ne pensa?"

La mia reazione sorprende entrambi: accecato da un furore improvviso e geloso, con un ruggito mi lancio contro di lui, pronto a staccargli la testa ridente dal collo.

Solo per averla citata.

"Ehi!" urla, il panico inconfondibile nella sua voce mentre batte in una frettolosa ritirata, abbassandosi e tuffandosi a terra per sfuggire al mio attacco. "Stavo solo chiedendo, Maestà. Per fare conversazione. La prego di perdonarmi!"

Smetto di ringhiare solo quando si lascia cadere sulla schiena in un palese segno di sottomissione. Sbatto le palpebre, mentre le macchie rosse svaniscono lentamente dalla mia vista. Con uno sforzo immenso, mi rimetto in sesto. "Certo", dico, forzandomi falsamente di essere gioviale. "Stavo solo testando la tua velocità di reazione".

Sappiamo entrambi che è una bugia, ma lui è troppo intelligente per ribattere. "Certo, maestà", dice alla fine. "La mia domanda era inappropriata. Le mie più sincere scuse".

"Accettate. Puoi alzarti".

Si alza da terra, togliendosi la sabbia rosa dalle membra, continuando a guardarmi con circospezione.

Alzo la mano, facendo segno a un servitore di portarmi qualcosa da bere. Sono ancora stupefatto dall'intensità della mia rabbia. Ho sempre avuto una natura gelosa – ho tenuto le mie cortigiane lontane da occhi maschili proprio per questo motivo – ma non avevo mai provato niente di simile.

Ho quasi ucciso uno dei miei soldati solo perché aveva

fatto una domanda sull'u-man. E non era nemmeno una domanda irrispettosa o che lasciasse intendere un particolare interesse nei suoi confronti. E non sono neanche in calore.

Ma anche adesso sento il profumo dell'omega Kim, ricco e forte come fiori notturni che sbocciano sotto le lune. Il suo sapore mi riempie la bocca. I miei canini dolgono. Il mio membro si gonfia.

Accanto a me, Antradx geme e lascia cadere i pugnali. Curva la schiena e gira la testa. Ha gli occhi pieni di oscurità, le pupille gonfie.

"Omega", geme.

Sta sentendo l'odore di Kim sulla mia pelle? La dolce fragranza di un'omega aleggia su di noi come una nuvola.

Mi giro, seguendo la scia del profumo. Ma non sono l'unico. Il resto degli alfa sui campi di addestramento sta scoprendo i denti e iniziando a cercare la fonte del conturbante profumo.

"Omega", ringhia Antradx, e i soldati intorno a noi gli fanno eco: "Omega".

C'è un'omega qui. La mia omega. E i miei guerrieri la vogliono.

Devo trovare Kim prima che sia troppo tardi.

Kim

"Non c'è niente di male", dico mentre cerco di raggiungere Juno, che sta scivolando così velocemente che l'orlo del vestito sta scorrendo sul terreno come una sfera di mercurio.

È arrabbiata con me. Non che mi importi. "Non vedo quale sia il problema".

"Sua Maestà desidera che tu rimanga nell'harem". Mi passa davanti, il naso per aria.

Corro per tenermi al passo. "Ma vuole anche che mi senta a mio agio qui. Il palazzo è la mia nuova casa, giusto?" Non so se ad Aurus importi se mi trovo bene qui, ma credo che le beta dovrebbero rendermi felice.

Tira su col naso come una signora snob. "Dovresti obbedire a Sua Maestà in ogni cosa".

"Seh, non succederà". Oltrepassiamo una porta ed entriamo in una sala luminosa. Da un lato, c'è una lunga finestra aperta. Delle grida e uno sferragliare di metallo salgono dal cortile sottostante.

"Eccoci qua". Juno si ferma bruscamente. Alla fine della sala ci sono due enormi guerrieri alfa, entrambi in armatura completa dorata. Mi sporgo di lato per poterli osservare. "Ti consiglio di non correre", dice, come se mi leggesse nel pensiero.

Lo stridore e il tintinnio del metallo mi riportano alla visione globale della sala.

"Quelli sono i campi di addestramento?" chiedo indicandoli. Siamo in alto, sopra i guerrieri, in una galleria nascosta da una tenda velata. È un po' soffocante, ma quassù sembra meno caldo rispetto alla zona sottostante, con il sole che picchia sulla sabbia. Mi avvicino alla ringhiera, e il calore mi colpisce in faccia come un getto di vapore dalla porta di un forno.

"Non troppo vicino", si raccomanda Juno, torcendosi le mani.

"Non ho intenzione di andare oltre. Non sono stupida", mormoro, ma faccio un passo indietro. "Come mai c'è questa tenda?"

"A volte, ci è permesso guardare Sua Maestà allenarsi, ma a nessun guerriero è consentito posare gli occhi su di noi".

"E quei giovani?" Faccio un cenno con la mano alla volta delle guardie. Forse lei le manderà via.

"Quelle sono le nostre guardie. Non sono autorizzate a toccarci", dice rigidamente.

Entrambe indossano l'elmo, ma, non so come, sono certa che gli occhi di entrambi gli alfa sono fissi su di me.

Forse riesco a trovare il modo di eludere le guardie...

Un ruggente grido di battaglia si alza dalla sabbia del campo. Mi avvicino alla ringhiera. Non è che sia una piattaforma aperta. E non ho intenzione di tuffarmi. Mi avvicino di più e, quando vedo il quadretto sottostante, sono molto felice di averlo fatto.

Una fila di tre soli dorati e fiammeggianti brilla in un cielo color malva pallido, tingendo di rosa i terreni sabbiosi. O la sabbia è sempre rosa?

In fondo ai campi si sta contorcendo una massa di corpi lucenti e muscolosi. Alfa; alfa ovunque. Grandi e massicci guerrieri, mezzi vestiti e madidi di sudore, che si girano, si muovono a zig zag, attaccano. Armi di ogni tipo sono sparse in giro. In mezzo ai campi c'è un'enorme piattaforma con un gigantesco gong di bronzo sospeso, in una cornice dorata.

Dalla sabbia si leva un odore, non sgradevole. Salato. Piccante. Deliziosa carne dorata di uomo che cuoce al sole.

E nel mezzo dell'allenamento c'è il giovane più grande, più cattivo, più dorato di tutti.

Tutto in me si concentra su di *lui*.

C'è un altro ruggito e un lampeggiare di armi. Un agile guerriero si lancia verso quello imponente. Luccichii di metallo.

Faccio un respiro. *Attento!*

L'enorme guerriero attende fino all'ultimo momento e schiva il colpo, scivolando oltre la lama, come se avesse percepito il suo avvicinarsi. Si gira e colpisce l'avversario, respingendo il guerriero più magro. Le sue spinte sono così veloci che tutti gli altri sembrano muoversi al rallentatore.

Mi sto leccando le labbra, sporgendomi dalla ringhiera. I miei seni sono improvvisamente gonfi, doloranti. Il calore pulsa tra le mie cosce. Se chiamassi l'alfa, mi sentirebbe? O questo stupido sipario è troppo d'intralcio?

Il guerriero si gira. È Aurus.

Accidenti! Mi ritraggo. Sì, è sexy da morire. Ma è un tale stronzo!

Non sono eccitata da lui. Mi rifiuto di esserlo.

Juno mi sta fissando, le sopracciglia alzate. "Ti senti bene?"

"Certo". Smetto di asciugarmi la fronte e faccio finta di cercare di sistemarmi i capelli appena tagliati. Probabilmente resteranno dritti comunque. Pazienza.

Juno emette un suono di disapprovazione, e io mi giro per metà per sventolarmi furtivamente. Tutto questo caldo afoso mi sta facendo venire sete. È solo a causa dei caldi soli estivi, giusto? È questo che mi fa ribollire le interiora.

Aurus guarda cupo per l'arena: un dio di re madido di sudore. O è infelice o ha solo una faccia da stronzo. Sembra a circa mezzo secondo dal gridare: "Questa è Sparta!" e dallo spingere a calci qualcuno in un pozzo.

Alzo una mano e un forte getto di profumo mi investe: un profumo ricco, floreale, denso come il miele. Abbasso la testa e mi annuso l'ascella. L'odore viene da me. È dolce e forte, e colpisce il mio organismo come un bicchierino di whisky. Il mio stomaco fa un languido salto mortale.

L'armatura scricchiola alla fine del corridoio. Una delle guardie si è tolto l'elmo. La sua faccia schietta e blu è liscia. I suoi occhi sono neri come l'inchiostro. Alza la testa e annusa l'aria.

Quando abbassa la testa, mi guarda dritto negli occhi.

Faccio un passo indietro, mentre lo sguardo dell'alfa mi fa accapponare la pelle. È come se qualcuno avesse messo mille fiori profumati nello spazio soffocante, o cotto cento dolcetti alla cannella. Il profumo è delizioso e invitante. Mi raddrizzo, desiderosa di smettere di inondare il posto di profumo, ma è troppo tardi. Odoro di torta di mele e la guardia alfa vuole darmi un morso.

"Kim". Juno si gira verso di me, gli occhi sbarrati. Le sue labbra si muovono, ma non sento alcun suono. L'alfa dietro di lei ha gettato da parte l'elmo e sta correndo verso di noi. Verso di me.

"Attenta!" grido e spingo da parte Juno. Inciampa contro la parete di fondo, fuori dal percorso del guerriero. Lui sta caricando come un linebacker, l'oscurità nei suoi occhi.

"No", grida Juno, ma è troppo tardi. L'alfa è a diversi passi da me e, una volta che mi avrà preso, sarà tutto finito.

Le mie gambe decollano prima che io sappia cosa sto facendo. Faccio uno scatto di un metro *verso* l 'alfa... e salto. La mia mano va a toccare la sua spalla corazzata proprio al momento giusto e io volo sopra di lui, rigirandomi in una capriola.

Un secondo, ed è finita. Sono di nuovo in piedi, a fissare la schiena dell'alfa che sta caricando. La sua arma è nella mia mano. Non so come, sono riuscita a strappargliela dal fodero mentre lui si precipitava verso di me. Mentre mi rovesciavo sopra la sua testa.

Cazzo! Conosco il Jiu Jitsu!

Accanto a me, Juno è come pietrificata. Ha la bocca spalancata.

Scricchiolii di armatura dietro di me. Il secondo alfa sta annusando l'aria.

Mi accovaccio, con l'arma alzata.

"Kim", sussurra Juno. Le sue tempie sono umide. "Sentono il tuo odore e stanno andando in calore. Devi correre".

"Vai prima tu", sussurro di rimando, e lei scuote la testa.

Con un ruggito, il secondo soldato carica. Il primo si è tolto la corazza e si è accucciato. Ora può muoversi più facilmente.

Le due guardie si fermano nel medesimo istante, osservandomi, valutandomi. Indietreggio da Juno per allontanarli da lei, finché la mia schiena non si appoggia alla ringhiera.

Non c'è alcuna via di fuga.

Le guardie caricano.

Juno grida il mio nome.

Afferro la parte superiore della ringhiera e, una volta su, oscillo per mantenermi in equilibrio. La veste trasparente minaccia di aggrovigliarsi ai miei piedi, così la tiro subito su fino alle ginocchia.

"State indietro", ordino. Gli alfa rallentano, ma continuano a sgattaiolare in avanti. Mi alzo, la mascella serrata mentre tengo sollevata la tunica, usando l'altro braccio per bilanciarmi. "Non avvicinatevi!"

Juno ha la mano sulla bocca.

Ogni alfa ha notato la presenza dell'altro e si è fermato. Ringhiano, ognuno vedendo un rivale nel guerriero accanto a sé...

"Juno, vattene! Va' a cercare aiuto!", sussurro. "Ti prego".

Lei piagnucola, ma, camminando rasente al muro, si avvicina alla porta. Almeno lei sarà al sicuro.

Molto più in basso, sul campo di addestramento, Aurus emette un ringhio. È un grido possente in una cacofonia di altri suoni, ma il mio corpo risponde come se avesse fatto scattare il mio grilletto. C'è un colpo profondo e intenso nel clitoride e sgorgano umori dalla fica, che poi colano lungo le mie cosce.

Cazzo!

Le guardie alfa mi affrontano di nuovo. Hanno delle fessure nere al posto degli occhi e le narici dilatate.

Mi sento i piedi instabili sulla ringhiera. "Salto", li avverto. "Dico sul serio".

Le guardie sono troppo fuori di testa per ascoltare. A braccia tese, fanno un balzo verso di me.

Con un grido, mi giro e mi lancio nel vuoto.

Aurus

IL PROFUMO DENSO PROVIENE DALL'ALTO. Grida si alzano dalla galleria. Un ringhio di avvertimento vibra nel mio petto.

"Maestà!" Uno smilzo servitore beta corre verso di me, con le vesti che svolazzano intorno alle gambe magre. Grazie a Ulf, c'è qualcuno dotato di cervello. I miei guerrieri si stanno comportando come alfa sul punto di andare in calore. "Che cosa sta succedendo?"

"Portali fuori", ringhio. "L'omega è qui".

Le narici del beta si dilatano. "L'omega?" squittisce. "Dove?"

Rispondo con un ringhio echeggiante.

Un'altra ondata di profumo si sparge per i campi di addestramento. Ci voltiamo tutti nello stesso istante, io e ogni altro alfa sul posto.

Si ode un piccolo, breve grido e appare Kim, in volo giù

dal lungo balcone. Le gambe e le braccia girano a vento; poi in qualche modo lei riesce ad aggrapparsi alla tenda. Ha un'arma in mano, che perfora il tessuto, rallentando la sua discesa. Un forte strappo squarcia la tenda; Kim ne afferra un lembo e si dondola sopra la sabbia. Balzo in avanti, ma lei è già atterrata. In sicurezza.

"Cazzo, sì!" grida. Ora posso vedere che tiene in mano una sorta di coltello. I suoi capelli sembrano più corti e sporgono da tutti i lati, come se fosse stata colpita da un fulmine.

Gli alfa accanto a me sono immobili, intenti a fissarla.

Devo andare da lei, ma il beta mi blocca la strada. "Maestà... cosa faccio?" Si torce le mani.

"Chiama le forze d'élite", sbotto e lo spingo verso l'uscita. "Elmi. Manganelli elettrici. Proteggila!" grido alle mie spalle mentre inizio a correre.

Il beta scappa via, con le vesti sventolanti. Farà in modo che le forze d'élite sgombrino l'arena dagli alfa impazziti per il calore. Ma potrebbe essere troppo tardi.

Sono dall'altra parte dell'arena, di fronte a Kim. Mi precipito sulla piattaforma rialzata, oltre il gong. La sabbia vola al mio passaggio.

Kim sta prendendo a calci il suo vestito trasparente, cercando di liberarsi dalle strisce di stoffa. Il lungo coltello lampeggia mentre taglia il tessuto. Ulf, ora il suo indumento raggiunge a malapena la parte superiore delle sue snelle cosce!

Quando ha finito, ciò che resta dell'abito è una tunica sottile e traslucida che non nasconde nulla. Le sue piccole tette impertinenti e appuntite, i suoi capezzoli di leeberry, il suo tatuaggio dai colori vivaci: ogni centimetro di lei è in bella mostra non solo per me, ma per tutti quei dannati soldati che si trovano qui nell'arena.

E ce ne sono decine.

Tutti alfa. Lo sguardo di ognuno è fisso sul suo corpo color pesca e oro.

"Lasciate l'arena!" urlo. "È un ordine!"

Alcuni Alfa si risvegliano dall'incantesimo e si muovono per obbedire. Ma altri, quelli più vicini a Kim, sembrano non sentire. Due o tre corrono verso di lei. Il guerriero più grosso spinge via gli altri e si avvicina al premio.

Kim

DEVO ESSERE STATA UNA GRANDE ACROBATA, nella mia vita passata, o una specie di ginnasta. O un'appassionata di arti marziali o tutto quanto sopra. Perché sono tosta. Ho tagliato quella tenda e ho oscillato reggendomi alle fasce strappate come un fottuto Tarzan.

Sopra di me, sul balcone, le due guardie alfa stanno combattendo. Probabilmente passerà un po' prima che il vincitore possa inseguirmi. Tempo più che sufficiente. Ho tagliato le parti inutili dei miei vestiti – non che mi vestano o mi coprano davvero – e ora posso correre come si deve.

La sabbia è calda sotto i miei piedi. Quel delizioso profumo di alfa mi sta chiamando. Farei meglio a correre, prima che sia troppo intenso da poterlo ignorare.

Faccio un passo e resto impietrita.

Dozzine di alfa mi stanno fissando: tutti i soldati seminudi che stavano combattendo tra loro un momento fa. Ora mi guardano come le guardie, come se loro fossero lupi e io un coniglietto.

E in mezzo a tutti c'è una macchia d'oro che urla qualcosa.

"Kim! Corri!"

Cazzo! Di nuovo?

Torno indietro, la mia arma alzata. Sono con le spalle al muro dell'arena. Dove posso correre? Dove sono le maledette porte?

A pochi metri di distanza, un enorme guerriero spinge da parte due alfa e si lancia verso di me.

Prima che possa pensare, il mio braccio scatta all'indietro e io lancio come fosse un giavellotto l'arma che ho rubato. Sfreccia sicura e si conficca nel petto dell'alfa. Lui sbanda, finché non si ferma, scioccato.

Ma nessuno è più scioccato di me. Ho appena lanciato un'arma come un fottuto guerriero. Non ho idea di come abbia fatto. Ma è successo davvero.

L'alfa afferra la lama e la strappa via dal suo stesso corpo. Il sangue sgorga dalla ferita, ma questo sembra a malapena dissuaderlo.

Ho guadagnato un po' di tempo, ma verrà comunque a prendermi.

Come previsto, con un ringhio, getta lontano la mia arma e si lancia di nuovo verso di me. Altri cinque guerrieri sembrano seguire la sua scia.

Lancio un urletto e corro via. Sfreccio lungo il muro dell'arena a destra e taglio a zigzag per la sabbia.

È inutile. Un alfa alto e magro sta guadagnando terreno e mi sta raggiungendo. Ha superato gli altri.

"Parkour!" urlo e mi precipito verso la parete laterale il più velocemente possibile. Ormai i miei piedi procedono da soli e vanno a sbattere in alto, su un lato dell'arena! L'alfa va a picchiare contro il muro sotto di me e io mi lancio all'indietro, in un salto mortale sopra la sua testa.

Esplode in un grido di rabbia. Fa appena in tempo a girarsi su se stesso che io sono di nuovo in piedi, pronta a scattare via. A testa bassa, corro a zig zag tra il resto del branco.

Fottuto stronzo!

Ma non potrò farlo per sempre.

Un nome mi si blocca in gola. Il mio respiro si trascina attraverso i polmoni. Il calore, l'odore degli alfa: tutto in me vuole sdraiarsi e sottomettersi. Ma non finché non lo troverò. Il mio alfa.

Altri due soldati allungano le mani verso di me. Afferro un'arma e raccolgo il guanto di sfida. Tutti questi alfa hanno un cattivo odore. Ho bisogno di...

"Aurus!"

"Kim", ruggisce. "Sto arrivando".

Non so come, ma, sono di nuovo vicino alla tenda che avevo tagliato. Salto e mi afferro al tessuto velato, arrampicandomi disperatamente. Un branco di alfa si sta radunando in una folla qui sotto. Se dovessi cadere...

C'è un bagliore dorato e Aurus si schianta contro gli alfa. È ovunque, con la sua lunga spada che oscilla e respinge i soldati. Alcuni reagiscono e Aurus li ferisce, per poi dar loro un pugno o una gomitata alle tempie. Quando vengono colpiti con forza alla testa, rovesciano gli occhi e poi cadono, privi di sensi ma vivi.

Quel colpo alla tempia sembra essere il tallone d'Achille di ogni soldato alfa. Archivio l'informazione per dopo.

Aurus prende a pugni i suoi stessi soldati, con una luce demoniaca negli occhi. Si muove con una grazia fluida e predatrice. Perfezione brutale. Ho dimenticato di respirare. Inspiro un po' d'aria, altrimenti svengo.

Un enorme alfa corre in avanti, scagliando quella che sembra una mazza verso la schiena di Aurus.

"Attento!" urlo.

Aurus cade sulla sabbia. La mazza fischia sopra la testa, andando a finire nel muro. Aurus fa oscillare la spada e trafigge il suo avversario da dietro. Si gira e mette fuori combattimento altri tre alfa.

È pazzesco quanto sia veloce. Forse è solo un combattente migliore, o forse è più abile nel gestire la follia che sembra essersi impadronita di tutti questi alfa. Qualunque cosa sia, sono felice che riesca a battere i suoi stessi soldati.

La tenda inizia a strapparsi sotto il mio peso. Cerco una presa migliore, ma le mie braccia si stanno stancando. "Aurus!"

Getta da parte la sua arma. Intorno a lui, il terreno è disseminato di lame e caduti.

"Salta!" ordina, le braccia tese. "Ti prendo io".

Mi spingo lontano dal muro e mi lascio andare. Per un momento, mi sembra di galleggiare. Poi atterro tra le sue braccia. Mi stringe forte, annusandomi i capelli.

"Rimani qui". Mi spinge indietro e mi blocca lontano dal resto dell'arena, proteggendomi con il suo corpo. Gocce rosse gli stanno imperlando la schiena, mescolandosi al sudore, ma la pelle liscia e dorata sottostante è illesa. Non è il suo sangue.

Chino la testa. Non so che cazzo sia successo, ma *accidenti*! Ha picchiato i suoi stessi soldati e, a quanto pare, ne ha persino ucciso un paio. Per me.

Più in là, sul campo, degli alfa corazzati con elmi a visiera completa stanno afferrando i soldati a capo scoperto. Quelli in armatura completa colpiscono i guerrieri rabbiosi in testa e li trascinano via. I corpi inerti lasciano tracce sulla sabbia.

Alcuni scappano e vengono correndo da Aurus. Lui scatta per affrontarli. Il sole brilla sulle armi. Uno per uno, li abbatte, prendendoli a pugni e lasciandoli privi di sensi, invece di ucciderli.

Alla fine, rimangono solo gli alfa con la visiera completa. Sgomberano il terreno e poi si allineano sul retro dell'arena, schierandosi secondo uno schema difensivo.

C'è solo un alfa senza armatura, in piedi sulla sabbia rosa pallido al centro dell'arena, vicino alla piattaforma rialzata. Il più grande, il più cattivo, il più arrogante di tutti.

Il sudore scorre lungo i solchi dei suoi muscoli fulvi. Alza la testa e ruggisce.

Il mio corpo sussulta, come se lui avesse toccato una parte intima di me. La mia testa diventa pesante e le mie palpebre si socchiudono a metà. Faccio un passo e il mio profumo si diffonde nell'aria.

Si gira lentamente. "Kim", ringhia. Il suo nuovo profumo di cuoio e legno di sandalo aleggia intorno a lui in una nuvola scintillante: una mazzata per i miei sensi. Le mie ossa si liquefanno.

Il calore si diffonde in me quasi avessi bevuto un bicchierino di liquore. Un'ondata di desiderio mi pervade, facendomi vacillare come un ubriacone. Avanzo ancora di qualche passo, poi cado in ginocchio.

Si avvicina, i suoi ringhi palpitanti a sottolineare ogni passo.

Cado in avanti, stringo le dita nella sabbia, afferrandomi alla terra come se, altrimenti, il ringhio potesse spazzarmi via. Sono un fascio vuoto e dolorante di carne, nervi e bisogno. Ho bisogno di...

"Kim". Aurus si è accucciato nel mio campo visivo, proprio di fronte alla piattaforma rialzata. Dietro di lui, in fondo all'arena, ci sono le file di alfa con l'elmo. Ma loro non contano. Niente conta. Nient'altro che questo bisogno.

La voce profonda di Aurus è come una carezza lungo la schiena. "Vieni da me".

Rabbrividisco e mi muovo verso di lui. L'arena gira intorno a me. Troppo sopraffatta per camminare, striscio, lasciando che la mia spina dorsale ondeggi. Sono una sirena, sono una sfinge, sono un animale la cui sostanza è la pura lussuria. Ogni movimento urla seduzione.

Mi viene incontro a metà strada, per poi sollevarmi e portarmi sulla piattaforma, dove si siede con me in grembo. Si ferma per un momento, strofinandomi il naso. Le sue grandi mani lambiscono ogni centimetro della mia pelle, controllando se presento delle ferite.

"Sei illesa?"

"Mmmhmm". Strofino la mia faccia contro la sua. La mia lingua lo lecca per assaporare il sale sulla sua carne. Premendo contro di lui, lo lecco come una gatta, e il dolore nel mio clitoride pulsa a tempo con i miei movimenti.

"Bene", mormora.

Poi mi afferra per la nuca e ringhia.

Come in preda alle convulsioni, grido e vengo tra le sue braccia. I miei umori si riversano dal mio centro, bagnandoci entrambi.

Un altro grido, un altro orgasmo.

"Sei molto cattiva, omega. Devo darti una lezione". Strofina la sua guancia sulla mia. Addenta un mio lobo e lo mordicchia. Forte.

Altri mini orgasmi. "Sì, sì", canticchio.

Afferra i resti del mio abito. Altri brandelli di stoffa. Non mi interessa. Odio questo cazzo di vestito. È troppo difficile correre avendolo addosso. Devo togliermelo. Ho bisogno della sua pelle sulla mia.

"Per favore", sussulto. Il suo profumo si diffonde intorno a me e macchie bianche mi danzano davanti agli occhi.

Mi rovescia, facendomi appoggiare mani e ginocchia sulla piattaforma. Inarco la schiena e spingo il sedere verso l'alto, presentandogli il mio sesso.

"Aurus", gemo mentre lui mi tira su i fianchi. Il mio petto è abbassato e il sedere è in bella mostra: la posizione perfetta per fargli leccare il mio sesso. Il clitoride pulsa forte e la sua lingua lo lenisce, facendo sì che altre inebrianti scosse di assestamento si propaghino per tutto il mio corpo.

Con le sue mani enormi mi separa le natiche, per poi leccare anche lì. Rabbrividisco e premo la mia parte anteriore sulla piattaforma di legno, schiaffandogli in faccia il mio sedere. La fica è una cavità dolorante, che trema sotto la sua lingua. Fa scivolare due dita dentro di me, poi ne aggiunge altre, allargandomi. L'ennesimo orgasmo esplode nel mio ventre. Il piacere svanisce in fretta, troppo in fretta.

Ho bisogno del suo bulbo. Adesso.

Labbra e dita vengono via dalla mia carne. La sua gigantesca ombra si allunga su di me. Dita forti mi tirano i capelli corti, spingendomi indietro la testa. È un dolore così piacevole.

"Ti prenderò così, piccola omega. Nella mia arena, davanti a tutti".

Sì. Brividi di gioia corrono lungo i miei fianchi. Appoggio le mani sul legno e gli offro il mio sesso. Abbiamo appena combattuto una battaglia e ne siamo usciti vittoriosi. Sono il suo premio.

E lui è il mio.

La prima spinta mi fa scivolare in avanti. Il suo membro mi trafigge, bruciando, allargandomi, spingendosi sempre più in profondità. È più che piacevole. Mi contorco nella sua presa. Al di là della piattaforma e del gong gigante, in fondo all'arena, gli alfa con l'elmo se ne stanno in vigile silenzio. Siamo nel mezzo dell'arena, davanti a tutti, cazzo!

Vabbè.

Quando socchiudo gli occhi, le forme corazzate dei guerrieri si confondono in una foschia dorata.

Loro non contano. Solo Aurus conta.

Il suo corpo gigantesco mi copre. Pianta le braccia muscolose su entrambi i lati della mia testa e spinge con forza. Esplodo intorno al suo uccello, mentre il mio corpo risuona di una fortissima sensazione.

La fica pulsa, avida di altro ancora. I miei umori mi ricoprono l'interno delle cosce. Non esiste niente tranne Aurus e il modo così profondo in cui sta spingendo dentro di me il suo enorme membro, raggiungendo parti del corpo che non ho mai nemmeno saputo esistessero.

Non c'è più il re calcolatore, beffardo e controllato della scorsa notte, la cui precisione clinica a letto mi ha quasi fatto impazzire per il bisogno.

Al suo posto c'è una bestia sudata e ringhiante che mi possiede come se la sua vita dipendesse da questo.

Mi gira la testa per sfiorarmi la bocca con labbra sorprendentemente gentili. I suoi baci catturano le mie grida di godimento. Inclino la testa e lo lecco, avendo bisogno che mi dia di più con la sua bocca bella e turgida. Ora si spinge in profondità con la lingua, soffocando le mie grida. La sua enorme zampa si allunga per sfregare contro il clitoride, ed è così bello che vorrei non si fermasse mai.

Quando il ringhio si trasforma in un ruggito e il bulbo costringe la mia fica ad allargarsi ancora di più, proprio come lui ha fatto con le dita, è perfetto. Tutti i miei orgasmi precedenti erano piccoli assaggi di quel che sarebbe venuto ora. Si forma il bulbo, spingendomi sempre più in alto, finché non oltrepasso il limite.

Artigliando la piattaforma di legno, urlo mentre ondate

di piacere mi fanno contrarre attorno a lui e cerco di atti-rarlo più a fondo, così da prolungare la sensazione.

Aurus spinge di nuovo, forte.

Bong! Un'esplosione di suoni risuona sopra le nostre teste.

Un'altra potente spinta. *Bong!* Veniamo catturati in un mondo di suoni, con l'aria stessa che riverbera intorno a noi: una manifestazione concreta delle onde di piacere che mi stanno attraversando.

Bong! Bong! Bong!

Il suono cupo ci investe in sincrono con le spinte di Aurus. Sto venendo ancora e ancora, impotente e senza fiato, il mio sguardo fisso sul gong gigante che vibra ogni volta che la piattaforma lo colpisce.

Aurus spinge in profondità; poi si solleva e si libera di me. Grido, rabbrividendo in un orgasmo finale anche se la mia fica si stringe intorno al nulla. Ora lui mi fa girare sulla schiena.

"Mia!" Il suo ruggito si mescola ai suoni assordanti del gong. I bei lineamenti sono rigidi, i denti scoperti. Le fiamme ambrate del suo sguardo vengono inghiottite da una nera lussuria.

Il liquido caldo schizza sulla mia pelle nuda. Getto indietro la testa, raggiungendo di nuovo l'orgasmo.

"Sì!" Mi inarco sotto lo spruzzo. "Ancora".

Aurus mi sta coprendo con il suo sperma, dirigendone il flusso infinito sul mio viso, sul seno, sulla fica, sulle cosce.

"Mia", ringhia mentre l'ultimo spruzzo colpisce la mia pancia. "Solo mia". Digrigna i denti ai soldati alfa che ci osservano con il respiro affannoso. "Morte a chiunque le si avvicini, a qualsiasi alfa la guardi, a chiunque me la rubi!" ruggisce.

Ci sono mormorii di assenso, un coro di voci maschili che sembrano provenire da molto lontano.

Mi chino e strofino il suo sperma sulla mia fica spalancata. Il clitoride pulsa e io mi inarco, urlando senza emettere alcun suono mentre raggiungo l'orgasmo ancora una volta.

Aurus

LA MIA OMEGA È SDRAIATA SULLA PIATTAFORMA DAVANTI A ME, gli occhi vitrei, la bocca semiaperta. Si porta le dita inzuppate alla bocca, tremando intanto che lecca lo sperma rimasto sulla sua pelle. La scena mi fa impazzire. Il mio bulbo si è appena ammorbidito, ma voglio già scoparla di nuovo.

Sembra riprendersi rapidamente dal suo calore, ma ci torna prima della maggior parte delle omega. Deve ancora avere un vero e proprio ciclo dell'estro, con la possibilità di crearsi il suo nido e godere di un tempo di recupero adeguato tra i diversi periodi di calore. Forse ha bisogno di altro siero? I maghi potrebbero aver fatto male i calcoli e sbagliato il dosaggio, dandogliene una quantità inferiore a causa della sua corporatura esile.

O forse è troppo piccola e denutrita per mantenere un estro standard? Devo farla ingrassare.

Certo, mangia con trasporto. Come sta dimostrando ora che la sua lingua rosa sta lambendo le dita inzuppate di sperma.

Alla vista, il mio uccello ha degli spasmi. La rabbia era come una fascia stretta intorno al mio petto, che ora si sta allentando. Perché ero così arrabbiato?

Kim si è presentata qui senza preavviso. È andata in calore e nell'arena si è diffuso il suo profumo. Le cortigiane le hanno permesso di uscire dall'harem e l'hanno portata qui; i guerrieri alfa l'hanno vista mezza nuda e hanno rilevato il suo profumo. Mi mordo il labbro mentre mi ricordo del modo in cui è saltata fuori dalla galleria e si è lasciata cadere giù. Avrebbe potuto farsi male. Avrebbe potuto rompersi ogni osso del corpo. Degli alfa senza cervello in calore avrebbero potuto violentarla e farla a pezzi.

Sarebbe potuta morire.

Ah, sì, provo rabbia. Con il cuore che mi batte forte nel petto, guardo torvo la fila di soldati d'élite a guardia del perimetro dell'arena. Scattano sull'attenti, i loro sguardi sotto l'elmo fissi su un punto imprecisato sopra la mia testa. Sanno che il loro re è infelice. Tutti nell'arena lo sanno... tutti tranne Kim.

E, se lo sa, non gliene importa.

"Che diavolo è successo? Perché così tanti guerrieri cercavano di prendermi?" chiede strascicando le parole. Ha finito di leccarsi le mani e allunga le braccia sopra la testa. Il movimento mi disvela i seni bagnati di sperma. *Bellissima.*

"La tua vicinanza... è stato il calore", le dico.

C'è qualcosa di diverso in lei. I suoi capelli dorati, già troppo corti prima, sono ora ancora più corti. Arruffati. Vanno in tutte le direzioni, come se l'avessero appena fottuta ben bene.

Cosa che in effetti è stata. Ho scopato la mia omega nel mezzo della mia arena, di fronte alle mie forze d'élite e Ulf sa chi altro.

Alzo la testa e ordino con rabbia ai soldati: "Lasciateci soli!"

"Non vuoi che rimangano a guardare ancora un po'?" Kim non sembra infastidita al pensiero.

Io invece lo sono.

"No. Tu sei mia. Solo mia. Nessuno ti può guardare tranne me".

"Di sicuro questa volta hanno potuto dare una bella sbirciata".

Ringhio e lei alza le mani. "Calma, ragazzone. Sei tu quello che li ha fatti restare. Perché non hai finito dentro di me?"

Emetto una sorta di grugnito. Volevo che fosse una specie di punizione, ma l'unico che sembra soffrirne sono io. "Volevo marchiarti". Prima, con il mio seme. Poi, un giorno, con il morso della rivendicazione. Se la riterrò degna.

Finora, la mia omega non è come mi aspettavo.

"Mi hai *fatto il bagno*. Un'altra volta, e ci nuoterei dentro". Si lecca felicemente le labbra e il mio uccello pulsa così forte da provocarmi un crampo a una gamba.

Digrigno i denti.

"Oh, volevo chiederti questo". Si avvicina e si gira per indicare il gong. "A cosa serve quella cosa?"

"È il nostro gong di addestramento. Chiama a raccolta gli alfa quando comincia l'addestramento e segnala la fine della pratica. Lo suoniamo anche quando uno dei guerrieri esegue una manovra eccezionale. Il suono di un gong è un grande onore".

"Beh, di certo noi l'abbiamo suonato un bel po'. Quando si dice "suonare lo strumento". Ridacchia.

"Lo farò rimuovere e mettere ai piedi del nostro letto. Tutto il palazzo saprà quando copulerò con la mia omega", le dico.

"Hai l'ego più grande di quello di chiunque abbia mai incontrato". Alza gli occhi al cielo.

È troppo.

La stringo al petto. Mi getta le braccia al collo. Preme volentieri il suo corpicino contro di me, mentre la sua fica risponde con un altro fiotto di liquido.

"Hai un profumo così buono!", dice con voce suadente, le sue dita che scorrono sulle mie spalle e sul mio petto, esplorando le creste e i piani dei muscoli. Mi infila la testa nella giuntura tra collo e spalla, e lecca. Il mio uccello sussulta, e per me diventa sempre più difficile mantenere il controllo.

"Dove stiamo andando?" chiede tra una pigra leccata e l'altra.

"In camera mia, omega". Accelero l'andatura. Di questo passo, finirò per scoparla in corridoio.

"Mmmm". Sembra fare le fusa, mentre il suo corpo vibra accanto al mio. È così piccola, ma forte. Niente affatto come l'omega che mi aspettavo.

Forse non è una cosa negativa.

8

KIM

Mi fa male dappertutto, ma il mio sangue sta ancora ribollendo per il sesso che abbiamo fatto. Non so quale potrebbe essere la causa di questa smania – il siero che mi hanno iniettato, la situazione in generale o la folle attrazione che provo per lui – ma non ne ho mai abbastanza di Aurus.

Ora è sdraiato accanto a me. Il suo enorme petto si alza e si abbassa a tempo con il suo respiro lento e costante, le ciglia color terra d'ombra sono aperte a ventaglio sulla sua pelle dorata e la bocca sensuale è atteggiata a un sorriso compiaciuto.

Sono accoccolata nell'incavo del suo braccio, una gamba gettata sulle sue grandi cosce nude. Sbirciando il suo inguine, vedo che il membro non è turgido, e non posso fare a meno di provare una fitta di delusione, anche se la mia fica è dolorante e ancora bagnata dopo l'ultimo round.

Non ricordo molto della Terra, ma in qualche modo lo so: il sesso con Aurus è il migliore che abbia mai fatto. Il siero ha qualcosa a che fare con questo? O sono sempre stata una ninfomane? È chiaro che sono una tipa sfrontata; forse il mio appetito sessuale è sempre stato insaziabile.

Sì, probabilmente è questo. Mi accoccolo più vicino ad Aurus, e lui mi avvolge con un suo enorme braccio. È pesante, denso di muscoli, però è una bella sensazione. Lui è uno stronzo, ma fa delle belle coccole.

"Mi hai spaventato, piccola omega", mormora.

"Davvero?"

"Quando ho capito che eri vicino e che stavi andando in calore..." Chiude gli occhi come se potesse cancellare l'orrore. È più vulnerabile di come l'abbia mai visto. "Quando ti ho vista cadere..."

"Scusa. Le guardie alfa erano come impazzite. Non volevo che mi prendessero".

"Le farò decapitare". I suoi occhi sono quasi neri.

Arriccio il naso. "Non puoi semplicemente bandirle dal palazzo?"

Lui ringhia. "Meritano la morte. Ma... va bene, mostrerò loro misericordia".

"Hai abbattuto i tuoi uomini per me". Gli poso la mano sulla guancia, seguendo con un dito l'angolo acuto della sua mascella.

Le sue narici si allargano. "Ti avrebbero portato via da me. Nessuno potrà mai farlo e poi restare vivo. D'ora in poi, se anche solo ti guarderanno, ci rimetteranno la vita".

Lo guardo accigliata. "Sei un po' troppo duro, non credi?"

Fiamme nere riempiono i suoi occhi. "Sappi questo, piccola: per te distruggerei tutto il mio esercito".

Aspetta un po'... Questa è una dichiarazione che riecheggerà nei secoli. "Davvero?"

"Sei mia, omega. Tutta mia". Chiude la sua mano a

pugno tra i miei capelli e porta il mio viso verso il suo, così da potermi mordicchiare possessivamente le labbra.

È una sensazione fantastica, ma dentro di me sento anche svanire parte della mia speranza. Non mi vede alla pari. Sono la sua omega, un suo possesso. E questo è tutto ciò che sarò sempre.

Il pensiero è una doccia fredda sulla mia pelle riscaldata dalla lussuria. A proposito...

"Ho bisogno di un bagno", gli dico.

"Di certo il mio seme ti è piaciuto". Fa un sorrisetto. "L'hai leccato come se non potessi averne mai abbastanza".

Arriccio il naso. "Non ricordarmelo. Quello era prima. Questo è ora. Sono tutta appiccicosa".

"Tra un po'", dice, premendomi contro il suo fianco.

"Ora", ripeto.

Il suo petto vibra: sta facendo le fusa e io mi tranquillizzo immediatamente. Il mio cuore pulsa a tempo con il suo brontolio. Un'altra strana cosa alfa/omega da cui Juno mi ha messo al corrente: gli alfa possono fare le fusa per confortare e calmare le loro compagne omega. L'effetto è istantaneo e potente, come un'overdose di sedativo.

"Ok, d'accordo. No, ancora qualche minuto". Sbadiglio, improvvisamente contenta di giacere tra le sue braccia. Siamo nudi nel suo letto spoglio, dal momento che le lenzuola e i cuscini sono scivolati a terra da tempo. Il suo corpo dorato e tatuato e il mio, più pallido, sembrano incastrarsi alla perfezione. Siamo appiccicosi, sazi... ed è una bellissima sensazione.

O è il siero che parla? Accidenti!

Tutte le omega sono interessate a un singolo alfa? O sono solo io?

Potrei chiedere a Emma. Devo trovarla... o convincere

Aurus a lasciarmi parlare con lei. Forse è in grado di rispondere ad alcune delle mie domande.

Dio, ne ho così tante! E più sto con Aurus, più mi sento vicina a lui. Come se, tra di noi, si stesse formando una corda invisibile che ci lega.

Devo tagliare questa corda, subito. Sì, è fantastico a letto, ma è anche uno stronzo arrogante e pomposo, ed è chiaro che non gliene frega un cazzo di me e che vuole solo usarmi per il suo piacere. Per lui, tutto questo è finalizzato alla riproduzione, ma una piccola parte di me spera che sia qualcosa di più. Una parte stupida. È inutile credere che lui voglia stare con me. Sono solo il suo cucciolo omega.

Fanculo! Mi libererò da questa ossessione e me ne andrò da qui. Tornerò a casa. Ovunque essa sia. Terra: non che mi ricordi molto del mio pianeta natale. Forse dovrei rinunciare a tornare e farmi una nuova casa qui. Potrei vivere ovunque, purché sia ad almeno dieci miglia di distanza da Aurus.

Fai cento miglia. Fuori dalla portata di quello stupido gong.

In ogni caso, ho bisogno di alleati. Probabilmente con il mio comportamento sconsiderato ho già messo Juno e le altre così nei guai che non saranno disposte ad aiutarmi, ma forse lo farà Emma.

Noi donne umane dobbiamo restare unite, giusto?

Mi lecco le labbra. Il gusto di Aurus persiste sulla mia lingua. Perché il suo sapore è così inebriante? Deve essere una cosa omega.

Non mi piace questo stronzo reale dorato, ma adoro il suo grosso uccello. Potrei anche godermelo fino al momento di partire.

"Kim". La sua voce è un rombo basso che mi provoca un

brivido lungo la schiena. Almeno, ora mi chiama occasionalmente per nome.

"Sì?"

"Dobbiamo discutere di quello che è successo prima".

"Ah, sì? Di che cosa esattamente?" D'un tratto sento le farfalle nella pancia, ma le ignoro.

"Di tutto". Apre i suoi occhi dolci e assonnati e mi lancia un'occhiataccia. "Il tuo comportamento è stato inaccettabile".

Mi mordo il labbro. Come dovrei giocarmela? Fingere innocenza? Limitarmi a essere fiduciosa? Distrarlo con dell'altro sesso? Quando mi rigiro per sedermi, una fitta forte nella mia vagina mi fa riconsiderare la terza opzione. Mi ha fottuto così forte che la mia fica è dolorante.

Lanciandogli quello che spero sia uno sguardo seducente, sventolo la mano per indicare il mio corpo nudo e ricoperto di sperma, gratificata quando le sue pupille si dilatano alla mia vista. "Non mi rendevo conto che la mia presenza avrebbe avuto quell'effetto su tutti. È stato un incidente. Ma hai notato quanto sono state toste le mie mosse?"

"Saresti potuta morire".

"Ma non sono morta, no? Sono stata *fantastica*. È come se avessi fatto una sorta di allenamento di arti marziali. O di ginnastica. Non di Jiu Jitsu, non credo, ma comunque di qualcosa... lancio del giavellotto amatoriale?"

"Kim!"

Oh, giusto. Stiamo litigando. Sospiro. "Senti, se la mia presenza provoca gli alfa in quel modo, forse non dovrei vivere a palazzo".

"Non è un'opzione", dice, il suo tono aspro.

"Va bene. Allora forse posso allenarmi con te o qualcosa del genere..."

"Assolutamente no".

"Perché no?" Reagisco bruscamente. Aurus non è l'unico a poter perdere la pazienza. "Che pericolo c'è?"

"Non è un comportamento consono a un'omega".

"Beh, io non sono una vera omega!"

"Questo è certamente vero", borbotta, e le mie guance si scaldano.

"Vabbè". Non che voglia essere una vera omega. Chi se ne frega di cosa pensa Goldpene? "Forse dovresti rimandarmi indietro e prendere un'altra omega. Una migliore". Ignoro il doloroso contrarsi delle mie viscere.

"Questa non è un'opzione", ringhia e fa un balzo.

Le mie cosce si allargarono automaticamente per lui, come se non avessi il controllo del mio stesso corpo. Né una libera volontà. Nessuna voce in capitolo. "Perché no?" Sussulto mentre l'enorme testa del suo uccello spinge contro il mio sesso.

"Non mi lascerai mai". Comincia a farsi strada dentro di me e io chiudo gli occhi.

"Allora aspettati molti altri *disastri* in futuro..." minaccio, anche se avverto un delizioso dolore nella mia metà inferiore.

"Ripeto: non è un'opzione. Ti sottometterai. Mi obbedirai".

"Non accadrà", dico tra gemiti ansimanti.

"Allora sarai punita". Entra completamente dentro di me.

In qualche modo, il dolore non fa che rendere il piacere più intenso. Sento un lungo, lento palpito di desiderio in corrispondenza del clitoride. Riuscirò mai a resistere a questo re dorato?

"A partire da ora", continua, il suo tono pieno di minaccia, "espierai i tuoi peccati".

"Quali peccati?" Cerco di fargli percepire tutta la mia indignazione, ma la voce che fuoriesce è troppo fievole.

"Hai ignorato i miei ordini: ti sei presentata al campo di addestramento e hai dato spettacolo di te stessa".

"Non è stata colpa mia!" Beh, non del tutto...

"Ti sei strappata il vestito e sei entrata in un campo pieno di alfa... mentre eri in estro, nientemeno!" Sta alzando il tono di voce. È tutto dentro di me ora, ma non si muove.

Da una parte, vorrei che iniziasse a scoparmi; dall'altra, vorrei prenderlo a pugni in faccia... e farmi sbattere contro il letto. La mia fica sta bruciando, anche se il liquido scivoloso ne sta già fuoriuscendo, per poi gocciolare giù fino a ricoprirmi il sedere.

"Praticamente eri nuda... quell'abito non nascondeva nulla. D'altronde è stato realizzato proprio a quello scopo. Ciò che indossano le mie cortigiane è destinato solo ai miei occhi".

"È questo che sono? Una *cortigiana*?" Indignata, comincio a contorcermi sotto di lui. C'è un'altra emozione qui, oltre alla rabbia.

Dolore.

Aurus non significa niente per me. Perché dovrei preoccuparmi di come mi considera?

"No, piccola omega. Sai che sei più di questo. Molto di più".

Comincia a muoversi lentamente, quasi con tenerezza, facendo scivolare il suo membro incredibilmente lungo e grosso fin dove posso prenderlo, poi quasi fino in fondo... ancora... e ancora... È così bello che faccio fatica a concentrarmi.

"Sei mia, Kim. Ma devi imparare a obbedire. A seguirmi. A sottometterti".

"Col cavolo!" Ricomincio a lottare, ma non posso andare

da nessuna parte. Non c'è niente che possa fare. Aurus è così grande e così forte... Sono in trappola.

Peggio ancora: a una piccola parte di me la cosa piace.

"Intendevo davvero quello che ho detto sul campo", prosegue, continuando a pompare con colpi lenti e misurati. "Ucciderò qualsiasi alfa osi avvicinarsi a te. Non farò alcuna eccezione".

Ora sto ansimando, per una strana combinazione di lussuria, paura e rabbia. Regola leggermente l'angolazione, in modo da strofinarmi il clitoride ad ogni spinta, e non riesco a impedire che mi sfugga un gemito strozzato. Sono già così vicina a venire! Accidenti a lui!

"Quindi faresti meglio a non pensare di chiedere aiuto a qualcuno. Sono il tuo signore e padrone qui ad Aurum. Su Ulfaria. La mia parola è legge. Io sono il re".

Come può ancora parlare in modo così calmo e composto? Io sto andando fuori di testa, contorcendomi sotto di lui, proprio sul precipizio di un enorme orgasmo. Riesco a malapena a pensare in modo chiaro, figuriamoci discutere.

"Vieni ora, omega!" mi ordina, e io ubbidisco all'istante.

Vengo così forte che resto senza fiato, con la fica bagnata fradicia che lo afferra ancora e ancora. "Sei uno stronzo pomposo", dico; poi, quando lui aumenta il ritmo, grido: "Fanculo!"

"Fanculo", mi sfida, facendomi scivolare un enorme avambraccio sul petto, inchiodandomi al letto e sbattendomi contro il materasso, ancora e ancora e ancora. "Dillo!"

"Fanculo... fanculo..."

"Fanculo chi?" mi schernisce. Il suo profumo è leggermente cambiato: al legno di sandalo e al cuoio si è ora aggiunta una nuova nota più speziata, come di fumo. Lo inspiro, lottando contro la reazione del mio stesso corpo alle sensazioni che sta evocando in me.

"Fanculo tu!" È quasi un ululato.

"Ti sottometterai a me", ringhia.

"Col cazzo!" Scopro i denti. Non mi interessa quanto sia grande il suo uccello; non sarò mai una schiava sessuale sottomessa. "Io non ti appartengo".

"Mi appartieni". Muove a ritmo i fianchi e urlo quando mi colpisce il punto G. È così bello!

Forse, quando scapperò, intaglierò un liscio pezzo di legno per farmi una scultura a forma di pene: il mio personale dildo Aurus.

Forse allora non lo desidererò come faccio adesso.

"Ammiro il tuo coraggio", ammette, quel sorriso esasperante e compiaciuto che incurva di nuovo la sua bocca stupenda. "Un cambiamento davvero piacevole rispetto alle beta miti e sottomesse cui sono abituato".

Conficco le unghie nei suoi bicipiti, cercando di resistere al prossimo orgasmo gigantesco che sta insorgendo nel mio nucleo.

"Quando ti ho vista per la prima volta, ho temuto di poterti rompere durante l'amplesso. Dopotutto, sei solo una femmina in miniatura..." Si china e morde il punto in cui il mio collo incontra la spalla e io sussulto per la fitta improvvisa. È un dolore così piacevole. "Ma tu sai come prendermi. E ti piacciono tutte le cose che ti faccio, vero? Anche quando allargo il tuo buchetto stretto. Ti piace l'allargamento. Il bruciore. Il dolore. Il tuo corpo non mente. La tua fica non mente".

Non verrò, giuro. Non ho intenzione di dargli questa soddisfazione. Ignorando il piacere che cresce nel mio clitoride e il modo in cui il suo uccello stimola il mio punto G, mi concentro invece su quanto sia arrabbiata. Sul suo essere pomposo e arrogante. Sul mio odio nei suoi confronti.

"In effetti, sto iniziando a pensare che tu lo faccia apposta", continua. "A prendermi in giro, voglio dire. Mi fai arrabbiare perché sai come reagirò. Sai che ti metterò giù e ti scoperò come tu vuoi che faccia. Riesco a sentire i tuoi umori che sgorgano a causa mia. La tua fica stringersi intorno a me. Quel bottoncino sensibile diventare gonfio e voglioso, quando mi ci trastullo. Adesso ci sei di nuovo vicina. Davvero molto, molto vicina. Ma stai cercando di resistere".

Stringendo gli occhi, emetto un gemito mentre lui mi spinge più in alto la gamba, allargandomi prima di sfregare con maggior vigore contro il mio clitoride. Non verrò. Non accadrà.

"Puoi cercare di resistere quanto vuoi, piccola omega. Cederai. Come sempre. Riesco a sentire la fica che inizia a palpitare intorno al mio pene. È molto piacevole. Verrai così forte, se ti fotterò nel sedere?"

"Fanculo!" mormoro, anche se il mio nucleo si stringe.

Geme, il suo uccello sussulta leggermente e un piccolo brivido mi attraversa. Non può dominare le sue reazioni nei miei confronti non più di quanto io possa dominare le mie. Alla faccia del non perdere mai il controllo!

"Sono sicuro che lo scopriremo", continua, la voce un po' tesa. "Ma è qualcosa per un altro giorno. In questo momento, mi fa piacere riempirti del mio seme, farlo traboccare da quel piccolo buco stretto. Senti il bulbo crescere?"

Lo sento: è difficile non avvertire il dolore pungente e acuto. Soprattutto quando questo mi spinge così spesso oltre il limite.

Come ora.

Mi piacerebbe nascondere il mio orgasmo ad Aurus, ma può sentire la mia fica palpitare intorno a lui. "Brava ragazza!" ringhia, prima di gettare indietro la testa e raggiungere l'orgasmo con un ruggito.

Il modo in cui il suo uccello pulsa dentro di me non fa che prolungare il mio piacere, e ci vuole molto tempo prima che i nostri orgasmi finalmente si plachino.

Si accascia su di me, ansimando, e io giaccio qui, cercando di riprendere fiato, ancora sbigottita tanto per le cose che ha detto quanto per la forza del mio orgasmo.

"Fottimi", mormoro.

Lui fa una risatina. "L'ho appena fatto".

"Sì". Accidenti a lui! Mi ha dato tutto quello che volevo... e anche di più. Sto perdendo la testa per lui.

"Per favore, non punire Juno o le altre", dico alla fine. "Le ho convinte io a portarmi nell'arena. Hanno cercato di impedirmi di tagliarmi i capelli. Non è colpa loro".

"È troppo tardi", mi dice Aurus. "La loro punizione è già iniziata".

Sono sconcertata. Sono stata con lui tutto il tempo. "Quando hai impartito l'ordine?"

"Mentre ti stavo portando dentro. Penso che tu fossi un po'... distratta".

Ero nuda, ricoperta di sperma e gli stavo leccando il collo compulsivamente; quindi forse mi sono persa uno o due ordini. "Cosa... come le stai punendo?"

Lui fa una piccola risata. "Lo scoprirai quando tornerai lì".

"Mi stai rimandando all'harem?"

"Certo!" Si allontana da me e io sussulto: anche quando non è turgido, il suo membro è impressionante. "Quando non sei qui con me, il tuo posto è lì".

"Pensavo..." sbotto; poi mi fermo. Avverto una fastidiosa fitta al cuore.

"Sì?" Rotola su un fianco e mi guarda dall'alto in basso.

Incredibilmente, allunga una mano e mi liscia una ciocca di capelli, scostandomela dalla fronte. "Perché ti sei tagliata i capelli?"

"Ho minacciato di tagliarli ancora di più, se le ragazze non mi avessero portato nell'arena. Ha funzionato. Capisci? È tutta colpa mia".

"Mmm, bella mossa! Devono comunque essere punite". Giocherella con le punte arruffate. La sua voce diventa gentile. "Sono morbidi. Come le piume di un uccellino".

Non riuscirò mai a capire come possa passare da enorme bestia selvaggia a tenero amante.

Non importa. È comunque un idiota.

La nuvola del suo profumo speziato mi avvolge, ricca e inebriante, come vin brulé. Se non sto attenta, mi farà sballare di nuovo. Non solo il suo odore... la vista del suo corpo gigantesco, acri di muscoli dorati e sodi, stretto intorno a me mentre gioca ossessivamente con i miei capelli. C'è qualcosa di più sexy di un maschio brutale che recita la parte del tenero amante?

Abbasso la testa per asciugarmi la faccia. Non sto sbavando su di lui.

Le sue fusa non mi toccano. "Tu vuoi restare al mio fianco, piccola omega?"

Distolgo lo sguardo. Come me la cavo, ora? Non voglio che sappia quanto ci tengo. Ha già troppo potere su di me.

Provo con un diversivo: "Mi hanno parlato di Khan e... Emma. Ne ha fatto la sua regina?"

"Sì. Ora Emma è la regina di Altrim, anche se solo di nome".

"Quindi... non ha alcun potere reale?" Le beta non mi hanno detto niente al riguardo.

Aurus fa un piccolo gesto sprezzante. "Khan adora la sua omega e asseconda ogni suo piccolo capriccio, ma non posso immaginare che le permetterebbe di regnare al suo fianco, no. Cosa ne sa un'u-man sul governo di un regno ulfariano? No. Gli fa compagnia... si prenderà cura del bambino... è una brava compagna. Obbediente".

Non ho bisogno di guardarlo per sapere che mi sta lanciando uno sguardo di rimprovero. Sembra deluso dal tipo di omega che sono.

Bene. Non è che me ne importi.

Mi mordo il labbro e giro il viso dall'altra parte. "Quindi Emma non vive in un harem con le altre... cortigiane di Khan?" Devo avere un tono risentito, ma non posso farne a meno.

"Khan non ha un harem". Aurus suona sprezzante. "Era più fuori che a casa; almeno, era così prima che trovasse Emma".

"Vorrei incontrarla", dico, costringendomi a incontrare i suoi occhi. Con mio stupore, Aurus non sembra sprezzante. In effetti, mi sta fissando con un'espressione strana sul viso divino. Non è rabbia né condiscendenza. Sembra quasi...

...curiosità. "Come mai? Hai nostalgia di casa?"

"Non è per quello", lo derido.

"No?" Inclina la testa, i suoi occhi color ambra fissi su di me. Il mio cuore batte come un gong. Essere l'unico oggetto dell'attenzione di questo re dorato è un'esperienza potente.

"Il passato è passato. Non posso cambiarlo, anche se potessi ricordarlo. Tutto quello che ho è il futuro, ed è abbastanza. Questo è tutto ciò che chiunque ha, giusto?"

"Molto saggia", mormora. Il leggero stridio nella sua voce mi fa pizzicare la pelle di piacere. Per una volta, Aurus sta elogiando qualcuno diverso da se stesso, e questo è pericoloso. Potrei facilmente diventare dipendente da lui. "Non sei quella che mi aspettavo".

È una brutta cosa? Vorrei chiederglielo. Invece, dico: "Ciò che mi piacerebbe fare è... ambientarmi. Mi aiuterebbe parlare con un altro essere umano che sa com'è giungere qui e venire trasformata in un'omega..."

"Certo", concorda. "Ha perfettamente senso. Avrei dovuto pensarci io stesso. Ti propongo un patto".

Immediatamente, sono diffidente. "Continua".

"Tu inizi a comportarti bene, a stare al tuo posto – la smetti con questa sfida, la smetti di parlare di fuga, dato che è un'idea ridicola e, comunque, non c'è nessun posto dove andare per te – e io ti porterò a incontrare Emma".

"D'accordo", dico subito. Ora come ora, non posso pianificare una fuga senza l'aiuto di Emma, e sarà molto più facile andare da lei ufficialmente che cercare di trovare un modo per incontrarla alle spalle di Aurus.

"D'accordo?" C'è una nota di incredulità nella voce di Aurus. "Proprio come ho detto io?"

"Sì". Una parte di me vorrebbe continuare a negoziare. Voglio uscire dall'harem. Voglio che lui ritiri ciò che ha detto sull'uccisione di qualsiasi alfa possa avvicinarsi a me e voglio che smetta di punire le beta per le mie azioni. Voglio così tante cose, ma soprattutto voglio essere trattata come sua pari e non come un animaletto domestico.

Ma l'ho appena convinto ad accettare qualcosa di enorme; quindi decido di non forzare troppo le cose. Almeno, non per ora.

Un passo alla volta.

9

AURUS

Il mio membro è dolorante; eppure, anche il più tenue effluvio del suo profumo inebriante mi fa provare il desiderio di possederla ancora. Abbiamo copulato così a lungo che ho perso la cognizione del tempo.

Tuttavia, ora ho fame e, anche se non dice niente, presumo che ce l'abbia anche lei.

Mentre entravamo, ho dato alla servitù l'ordine rigoroso di non disturbarci; quindi ora devo alzarmi dal letto, trovare una vestaglia e ordinare qualcosa da mangiare.

"Dove stai andando?" chiede Kim, rotolandosi sulla pancia piatta e appoggiando il mento appuntito tra le manine. I suoi capelli corti e chiari sono arruffati, dritti da tutte le angolazioni, e resisto all'impulso di sculacciarla per averli tagliati. Dopotutto, ha appena accettato di smettere di sfidarmi.

Vedremo se sarà in grado di mantenere la sua parte dell'accordo.

"Sto andando a prendere del cibo per noi due", rispondo, individuando una vestaglia e facendomela scivolare sulle spalle. "Sarai affamata".

"In effetti".

Sembra più eccitata che affamata. Non mi è sfuggito il modo in cui i suoi occhi si sono illuminati quando ho accettato di portarla ad Altrim a incontrare l'altra u-man. Si sente sola? Forse dovrei lasciarle passare più tempo con le cortigiane. Il loro buon comportamento potrebbe ispirarla a diventare più sottomessa. Finora, è stata solo lei ad avere una cattiva influenza sull'harem.

Ho già dato ordine di punire Juno e le altre. Proprio in questo momento, il loro tormento sarà già iniziato.

Bene. Stanno ottenendo solo ciò che si meritano. Non avrebbero mai dovuto permettere a Kim di lasciare l'harem, tantomeno accompagnarla fino all'arena.

Parlo con Feyna, la serva che aspetta proprio fuori dalla mia camera da letto, e le ordino di portarmi una serie di pietanze, oltre a un po' del mio speciale vino di leeberry. La beta borbotta il suo assenso e corre via.

Dopo quello che è successo nell'arena, ho deciso di tenere le mie guardie alfa sempre a una certa distanza da Kim. Rimangono di stanza alle porte esterne e sono state avvertite, pena la morte, di avvicinarsi a lei solo se assolutamente necessario; in altre parole, nel caso si trovasse in pericolo. Se solo pensano che lei stia cercando di scappare, hanno l'ordine di ritirarsi e avvisarmi immediatamente. Non posso rischiare che la inseguano. Non può ripetersi quello che è successo nell'arena.

Mentre chiudo la porta ancora una volta, ricordo quando tutto è diventato nero mentre Kim si avvicinava a me sul campo. Era come se una nebbia rossa mi avesse oscurato la vista. Ho perso il controllo.

Ho sempre creduto che l'autodisciplina e l'addestramento mi avrebbero aiutato a mantenere l'autocontrollo anche quando fossi stato in calore.

Mi sbagliavo.

Pure adesso, il ricordo di lei che entrava nell'arena, praticamente nuda, mentre dozzine di alfa erano a distanza di odore, mi fa venire voglia di battermi il petto e ruggire.

Lei è mia.

Sarà sempre mia.

"Allora cosa faremo, dopo aver mangiato?" chiede Kim. I suoi occhi verdi sono grandi e innocenti. "Voglio fare ancora quel bagno. Sono così appiccicosa".

"A causa della mia essenza". Le passo un dito lungo la parte posteriore della coscia e lei ha un piccolo brivido. "Dovevo marchiarti. Mostrare agli altri alfa a chi appartieni. Come ha fatto Khan con Emma".

"L'ha fatto?"

Annuisco. "Al nostro primo incontro, quando è tornato con lei. L'aveva fatta avvolgere in una coperta appiccicosa del suo seme. L'odore di Khan era dappertutto su di lei, un avvertimento per gli altri re affinché le stessero alla larga".

"Dio mio! Era molto imbarazzata?"

"Se ricordo bene, era più interessata all'argomento della nostra conversazione..." Smetto bruscamente di parlare, rendendomi conto di ciò che stavo per menzionare. Kim non deve sapere come facciamo a trasportare le donne uman su Ulfaria dalla Terra e a trasformarle in omega usando il siero. Emma è ancora indignata per questo e sta tuttora facendo del suo meglio per convincere Khan a fermarci. Come se avesse un qualche controllo su tali questioni...

"Qual era l'argomento di conversazione?"

Cavolo! "Non ricordo", mento. "A dire il vero, era come sopraffatta da tutto quanto".

"Posso immaginarlo", dice Kim. Emettendo un piccolo sospiro, si rotola su un fianco e si mette a sedere. "Hai qualcosa da farmi indossare mentre mangiamo? Mi sento... nuda".

Ridacchio. "Questo perché sei nuda, piccola omega. Non devi nascondermi il tuo bel corpo. Ne ho visto ogni centimetro".

"Lo so. Ma i servitori..."

"I servitori porteranno il cibo e poi se ne andranno di nuovo", la interrompo. "È mio desiderio che tu rimanga nuda".

"Ottieni sempre quello che vuoi?" Il suo carnoso labbro inferiore ora sporge. Quant'è adorabile!

"Naturalmente. Sono un re".

Alza gli occhi al cielo. Glielo permetto. Comincio a godermi i suoi piccoli atti di sfida. Non che glielo dirò.

"Parlami della tua infanzia". Allunga una mano per prendere un cuscino vicino e se lo stringe al petto, riuscendo a nascondere ai miei occhi i seni appuntiti e il sesso nudo. "Eri un piccolo principe viziato?"

"Non ero un principe". Seduto accanto a lei, esito, chiedendomi quanto rivelare. Chiedendomi anche perché me l'abbia domandato. Per un sincero interesse? O sta solo facendo conversazione? "Ero un soldato. Riuscii a scalare i ranghi e fui dichiarato erede dall'ex re di Aurum".

"Oh. Quindi la monarchia non è ereditaria qui? Sulla Terra lo è. Se i tuoi genitori sono re, tu sei il successore. Beh, primo nato, primo... e così via. In alcuni Paesi, comunque. Molti altri hanno abolito del tutto la monarchia".

"E chi li governa?" Non riesco a immaginare un sistema del genere.

"Presidenti. Primi Ministri. Cancellieri. Dipende dal Paese. Persone che vengono elette. Sai, votate. Decide il popolo".

"Il popolo!" la derido. "Come fa a sapere chi deve governare?"

Sbuffa e alza di nuovo gli occhi al cielo. "Non importa. Non mi prenderò la briga di spiegare la democrazia a qualcuno così pieno di sé come te.

"Sono disposto a imparare", protesto. "Sono solo il più grande e il miglior guerriero di tutta Ulfaria. Il più adatto a governare".

"La forza crea il diritto? La forza non è tutto".

"A volte, la forza è necessaria".

Alza un sopracciglio biondo, con uno sguardo sornione sul viso. "Quindi, se ti combatto corpo a corpo e vinco, diventerò re?"

"No". Ho imparato a diffidare di lei, quando indossa questa espressione. Devo interrompere la conversazione prima che le vengano delle strane idee. "Quell'uccello, sulla tua gamba". Delicatamente ne seguo il contorno con un dito. I colori brillanti luccicano sulla sua pelle pallida. "È bellissimo. Sei nata con questo?" Non ho mai visto Emma completamente nuda; quindi non posso fare paragoni con altre donne u-man. Hanno tutte queste immagini sulla loro pelle? "Noi Ulfarri nasciamo con i nostri marchi". Indico la parte nuda del mio petto non coperta dalla tunica.

Lei si lascia sfuggire una risatina. "No, non nasciamo con questi. È un colibrì. Non so perché ce l'abbia. I miei ricordi sono... incasinati. Ad esempio, so che questo è un tatuaggio, che sono andata e l'ho fatto fare, ma non ricordo dove o perché. Perché abbia scelto questa immagine".

"Ti hanno fatto male?"

"Probabilmente. Fanno un sacco di forellini sulla pelle e li riempiono di inchiostro. È per questo che rimane. Per sempre".

Il mio membro si contrae mentre ricordo le sue reazioni vocali e umide al dolore, mentre la fottevo. "Ti è piaciuto?"

Alza le spalle. "Sinceramente? Non me lo ricordo".

Interessante. Prendo mentalmente nota di chiedere ai maghi se la perdita di memoria sarà probabilmente un problema per tutte le nuove u-man che porteremo su Ulfaria.

Sentiamo bussare alla porta ed ecco che entrano tre servitori, tutti con dei vassoi. Preso il calice più vicino, tracanno avidamente il vino; poi faccio cenno a Kim di berne un po'. "Il mio vino speciale", le spiego. "Provalo".

Ne beve un sorso, poi aggrotta il viso. "È acido. Preferisco le altre cose".

"Le altre cose?"

"Quelle che mi hanno dato nell'harem".

Alzo un sopracciglio interrogativo a uno dei domestici.

"Succo di *hima*?" propone, anche se con voce incerta.

"Portacene un po'", ordino. Kim è già a metà di una scodella di zuppa. Mangia nello stesso modo in cui scopa: avidamente e con trasporto. Per niente come una signora. Le sue labbra si contraggono mentre beve rumorosamente il brodo.

Ulf, mi sta diventando duro di nuovo. Mi distraggo riempiendo un piatto di cibo.

"Potete lasciarci", dico ai domestici, una volta che hanno messo giù tutto.

"Sì, Maestà!"

"È buono", dice Kim, continuando a masticare. Non è per niente come le cortigiane eleganti e sottomesse cui sono abituato; eppure non riesco a distogliere lo sguardo da lei. Anche la sua mancanza di buone maniere è in qualche modo allettante. Pure adesso, mentre è seduta a gambe incrociate sul mio letto – un cuscino in equilibrio sulle sue cosce snelle a coprire la sua nudità, i capelli dorati spettinati – il mio uccello smania di essere ancora una volta dentro di lei.

"Sono contento che ti piaccia", dico, decidendo di rimandarla all'harem non appena avremo finito di mangiare. È evidente che alcune forme di dolore la fanno godere, durante il calore; però non voglio rischiare di farle male sul serio e, se il mio cazzo è dolorante, non oso pensare allo stato in cui versa la sua fica. La mia omega ha bisogno di riposo.

Ulf lo sa, ho bisogno di riposarmi anch'io.

"È stufato..."

Kim solleva un palmo per farmi tacere. Nessuno ha mai nemmeno osato di *tentare* di impedirmi di parlare, figuriamoci se ci è riuscito. Ecco perché sono così incredulo che obbedisco e aspetto di vedere cosa aggiungerà. "Non voglio saperlo", mi dice, in tono prepotente. "Se è una specie di animale, non voglio saperlo. So solo che è buono e che si accosterebbe benissimo a della birra".

"Birra?"

Lei sbuffa. "È prodotta con... il luppolo? Immagino di sì. È una bevanda dorata con una densa schiuma bianca in cima. So solo che mi piacerebbe davvero berne una in questo momento".

"Farò in modo che i maghi se ne occupino", dico. "Mi dispiace non potertene offrire una adesso".

Mi guarda con sospetto, poi ingoia il boccone masticato finora. "Ti stai davvero scusando per qualcosa?"

Mi schiarisco la gola. "Naturalmente. Cosa ti fa pensare che non potrei essere dispiaciuto per qualcosa?"

"Uhm... Non sarò certo la prima a dirtelo, ma sei lo stronzo più arrogante che abbia mai incontrato.

"Grazie".

"Non un complimento. Mi devi un sacco di scuse. Hai molte cose di cui dispiacerti".

"Tante cose di cui dispiacermi?" Faccio il pappagallo, chiedendomi a cosa si possa riferire.

Appoggiando il pezzo di pane che stava masticando, inizia a spuntare le cose sulle sue dita lunghe e sottili, mentre le elenca. "Per avermi rapito e buttato in un harem, dove sono stata lavata e depilata contro la mia volontà..."

"Depilata?"

"Mi hanno rimosso tutti i peli del corpo".

Apro la bocca, ma lei scuote un dito. "Non ho finito: per avermi tenuta prigioniera, costringendomi all'orgasmo, non lasciandomelo raggiungere, tirandoti fuori e venendomi addosso dopo avermi scopato davanti a un gong, perché tutto il regno sentisse..."

"È tutto?"

"È solo l'inizio". I suoi occhi verdi lampeggiano. "Non ho menzionato la cosa principale: per essere un coglione borioso, arrogante, dorato..."

"Basta!" Alzo un dito. "Adesso basta. Sei pericolosamente vicina a infrangere il nostro patto". Il mio palmo prude per il desiderio di sculacciarla.

"Il nostro patto?" Arriccia il naso. "In che modo questo infrange il nostro patto?"

"Hai promesso di essere accondiscendente. Questo non è un comportamento consono".

"Me l'hai chiesto, quindi ti ho risposto! Cosa c'è di così provocatorio?"

"Devi assumere un atteggiamento remissivo. E inoltre non ho intenzione di scusarmi per aver rivendicato i miei diritti. La nostra scopata ti è piaciuta. Ammettilo!"

Le sue guance arrossiscono, ma borbotta: "Non del tutto. Non quando non mi volevi far raggiungere l'orgasmo.

"Obbedisci e ti sarà dato tutto il piacere che desideri". Il suo profumo si sprigiona e io sorrido. "È mio diritto e privilegio tenerti sazia e al sicuro".

"Al sicuro?" Sbuffa. Cuscini e piatto volano via allorché lei salta in piedi. "Quando mai mi hai tenuta al sicuro? Stronzo arrogante..."

Gettando da parte il mio piatto, mi alzo anche io finché non la sovrasto, per poi fissarla dall'alto in basso. "Credi che ti abbia scopato là fuori nell'arena di allenamento per puro piacere? L'ho fatto per impedire che dozzine di soldati alfa tentassero di reclamarti", ringhio, gratificato quando lei fa una smorfia. "Non che ti debba alcuna spiegazione per le mie azioni. Né ne riceverai più. Penso che dovresti tornare nell'harem per rinfrescarti. Ti chiamerò quando sarò pronto".

Vorrebbe fulminarmi con lo sguardo, il mento sollevato, le spalle ostinatamente tese. Che coraggio, anche quando è completamente nuda, con la pelle ancora coperta dal mio seme!

Segue una lunga, lunga pausa.

"Bene", sputa fuori, alla fine. "Ci vado. Posso almeno avere qualcosa con cui coprirmi o devo pavoneggiarmi per il tuo palazzo nuda? Perché lo farò! Sono sicura che tutti i soldati lo apprezzerebbero!"

Con un ruggito, allungo una mano e le afferro la gola, tenendola ferma, ma senza stringergliela. "Non. Un'. Altra. Parola! Non mettere alla prova la mia pazienza in questo momento, piccola omega, o ti farò pentire del giorno in cui sei nata. E vedi di tentare un soldato alfa solo se sei disposta a vederlo morire!"

La lascio andare, mi giro e mi avvicino al guardaroba, rovistando finché non trovo una delle camicie di seta che mi è piaciuto indossare per un po'. Gliela lancio e lei la prende al volo. Un tocco di colore rosato le illumina gli zigomi alti.

Per quanto sia livido, la voglio ancora. Ulf, aiutami!

"Come ho detto", riesco a dire alla fine, mentre la guardo coprirsi con la mia camicia in un silenzio altezzoso, "ti manderò a chiamare quando sarò pronto. Adesso vai! Chiedi a Feyna di accompagnarti all'harem. Aspetterà fuori".

Senza dire una sola parola, Kim mi lancia un lungo sguardo disgustato; poi si dirige verso la porta. Sento il suo breve scambio di battute con Feyna, e poi lei non c'è più.

La rabbia che provo è eguagliata solo dal mio intenso desiderio per l'u-man pesca e oro che sembra completamente incapace di rispettarmi.

Dannazione!

10

KIM

Sono così arrabbiata che riesco a malapena a parlare mentre seguo l'alta e snella Feyna lungo gli infiniti corridoi che conducono al quartier generale dell'harem.

Stava andando tutto così bene! Stavo cominciando a vedere scorci di un altro lato di Aurus – tenero, empatico, gentile – e poi è dovuto tornare al suo io pomposo. Stronzo!

Se solo non fosse così bravo a letto... Questa è letteralmente l'unica cosa per cui è utile. E odio essere già così dipendente dal suo gusto, dal suo profumo, dal suo tocco...

Ucciderebbe un esercito per me, ma, nel momento in cui non mi comporto come la perfetta piccola omega, mi allontana dalla sua vista. Che si fotta!

Vorrei solo che questo non mi facesse così male.

Feyna si ferma fuori dalle grandi doppie porte dell'harem, che un attimo dopo si aprono scorrendo. Come faccio a scappare, se non riesco nemmeno a capire come funzionano queste maledette porte? Non vedo mai gli ulfarri premere alcun pulsante, né li ho mai sentiti dire una parola.

È tutto così confuso.

La mia vagina si contrae a ogni passo e, ora che ho mangiato qualcosa, mi rendo conto di quanto abbia disperatamente bisogno di un bagno. Voglio lavare via ogni traccia di quell'idiota.

Nel momento in cui entro nella stanza principale dell'harem, mi formicolano le braccia. L'area principale non sembra il vivace centro di chiacchiere che in genere è. Alcune beta oziano nei loro soliti posti, ma hanno gli occhi chiusi. Il sudore punteggia le loro fronti. Una è tutta raggomitolata, con i capelli arruffati... decisamente insolito. Un'altra, con le braccia conserte, si sta mordendo un labbro. Si odono gemiti in lontananza.

Oh, cazzo! Aurus aveva ordinato che venissero tutte punite.

A causa mia.

Cazzo!

Scruto le profumate e graziose beta finché il mio sguardo non si posa su Annay. È appollaiata su una sontuosa chaise longue e sta guardando nel vuoto. Mi affretto verso di lei.

"Annay?"

Mi guarda, poi distoglie lo sguardo di nuovo. C'è un velo di sudore sulla sua fronte azzurro polvere.

"Annay, per favore, parlami. Stai bene?"

Emette un sospiro. "No, certo che no. È tutta colpa tua! Sei stata tu!"

Mi guardo intorno. Altre beta si stanno avvicinando ora, stringendosi intorno a me. Alcune fanno smorfie e hanno gli occhi vitrei, ma non vedo lividi o altri segni recenti di abuso. "Cos'è successo?"

"Siamo state punite". La voce di Juno mi giunge alle orecchie, e guardo alla mia destra per vederla scivolare verso di noi. Anche il suo viso sembra lucido e si fa aria con un ventaglio. "Ma non credo che dovremmo addossare tutta la colpa a te. Avremmo dovuto essere più giudiziose". Stringe le labbra prima di aggiungere: "*Avrei* dovuto essere più giudiziosa".

"Io lo sono stata", interviene Lenah, aspra. Non l'ho vista sgattaiolare dietro di me. "Eppure vengo punita lo stesso".

"Mi dispiace così tanto", belo. "Ho chiesto ad Aur... Sua Maestà di non farlo. Gli ho detto che è stata tutta opera mia".

"Ha dato subito l'ordine. Ore fa", scatta Lenah. "Anche se dubito che saresti stata in grado di dissuaderlo, a prescindere".

"Ci ho provato". Il senso di colpa ha un sapore amaro, come la bile nella mia gola. Una parte di me non vuole saperlo, eppure chiedo: "Quali... quali sono stati i suoi ordini, esattamente?"

Silki si spinge indietro i lunghi capelli. "Ci ha dato il latte di korkan. Induce eccitazione". Rabbrividisce e accanto a lei, un'altra beta emette un piccolo gemito. "Un'eccitazione acuta e straziante".

Aspetta... Cosa? "Eccitazione?"

"Sì. Quando una femmina non è pronta per... accoppiarsi... il latte di korkan aiuta ad accrescere il suo desiderio".

Santo cielo! Aurus ha dato a tutte loro l'equivalente ulfarri del Viagra per donne. Guardo ognuna a turno e, in effetti, ora i segnali sono abbastanza facili da individuare: l'irrequietezza, le brillanti chiazze di colore sulle guance, gli occhi vitrei. "E immagino che abbia detto a tutte voi di non masturbarvi".

Simultaneamente dodici serie di pupille dilatate si posano su di me. Segue una pausa. Poi: "Cosa?" La domanda proviene da Juno.

"Masturbarsi. Sai... fare da sola. Oppure, diavolo, farselo a vicenda".

"Fare cosa?"

Che cazzo di problema c'è? Davvero non lo sanno? Come possono una dozzina di cortigiane non sapere di essere perfettamente in grado di darsi piacere?

Che pezzo di merda! Ovviamente Aurus le ha tenute all'oscuro di tali questioni. La sua arroganza è tale che vorrà essere l'unico a dare a queste ragazze qualsiasi tipo di piacere, indipendentemente dal fatto che ne vogliano o meno un po' in una notte in cui non è il loro turno. O forse sanno cosa fare, ma lui semplicemente glielo ha proibito.

"Non so se qui è così, ma sulla Terra, se una ragazza è eccitata e non ha un partner che le dia piacere o che desideri che lo faccia, può procurarselo da sola. Ci sono molti modi per farlo. Esistono anche giocattoli progettati appositamente allo scopo.

"Come?" La precedente espressione di disprezzo di Lenah è stata sostituita da una timida curiosità. Si asciuga la fronte. Poverina.

Devo sistemare le cose.

Mi schiarisco la gola. "Ovunque il tuo partner ti tocchi... puoi toccare anche tu. Sostituisci le sue dita con le tue. Puoi persino trovare oggetti a forma di... il suo... sai, il suo membro. La sua verga". Considerando che sono cortigiane, sono stranamente riservate quando si tratta di discutere effettivamente i meccanismi del sesso; quindi sto cercando di essere cauta nella scelta del mio linguaggio.

"Il suo cosa?" chiede Lenah.

Do un leggero colpo di tosse. "Uccello". Le beta intorno a me rabbrividiscono tutte e alcune emettono altri gemiti. Cavolo, è terribile" Sicuramente insegnerò loro a venire, anche a costo di mostrarglielo io stessa. "Puoi persino creare o trovare un oggetto della forma giusta –alcune verdure sulla Terra sono perfette, in effetti – e usarlo per stimolarti".

Le donne mi guardano come se avessi appena inventato il fuoco.

"Toccare... me stessa?" dice Lenah.

"Esatto". Faccio cenno a tutte di prendere posto e trovo un grande pouf su cui sedermi io, in modo che possano vedermi. Poi allargo le gambe. "Puoi toccare dove vuoi", annuncio. "Alcune persone lo fanno a letto, altre nella vasca da bagno. Puoi sperimentare. Ma questo è ciò che piace a me".

Con dodici paia di occhi fissi su di me, faccio scivolare la mano sul petto. Non è quello che immaginavo di fare questo pomeriggio. Voglio un bagno e un pisolino, ma che sia dannata se Aurus punirà queste donne a causa mia.

Se ne pentirà, cazzo!

"Puoi andare piano. Oppure più veloce". Lascio che la mano vaghi sulla mia pancia e poi si fermi tra le gambe. "Ma a me piace strofinare proprio qui". Comincio a strofinare con un lento movimento circolare. "Così", dico, nascondendo la mia smorfia. Anche il mio clitoride è livido, a quanto pare.

Mi fermo. Tutte le beta mi stanno fissando.

Alzo il mento. "Adesso provate voi!"

Lenah è la prima. Getta indietro la testa, altezzosa come una regina, e allarga le gambe. I suoi occhi audaci trafiggono i miei. "Così?"

"Già". Mi rifiuto di farmi intimidire. La guardo di rimando mentre mette la mano all'apice delle gambe.

Tutto il suo corpo sussulta. Macchie luminose di colore brillano sulle sue guance. La sua bocca si apre in un sussulto, poi geme.

Allo stesso tempo tutte le altre imitano i suoi movimenti. Uno o due emettono lunghi gemiti bassi.

Accidenti, ho dimenticato la parte più importante! "Uhm", dico d'impulso, "questo di solito è qualcosa che le persone fanno quando sono sole. Non in presenza di altri".

La maggior parte delle beta non mi presta attenzione. Alcune si contorcono sulla propria chaise-long, le gambe che sfregano mentre loro si strofinano furiosamente. Cerco di distogliere lo sguardo, ma gli stessi movimenti vengono imitati in tutta la stanza. È come essere in una sala degli specchi.

"E questo porterà a un... culmine?" Silki sta arrossendo fino alle radici dei capelli.

"Potrebbe volerci un po' di tempo per capire cosa ti fa stare bene, ma certo, non c'è motivo per cui non dovrebbe".

Le grida echeggiano nella stanza mentre diverse beta trovano i loro punti giusti. Caspita, non c'è voluto molto! Avrei dovuto immaginare che avrebbero imparato in fretta.

Solo che ora sono in una stanza piena di donne che si masturbano. Il profumo della lussuria nell'aria è un aroma troppo intenso. I miei capezzoli sono duri e mi pulsa il clitoride, nonostante il suo stato penoso. Dannazione!

Ma il leggero rossore e l'espressione beata sui volti delle donne ne valgono la pena.

Mi alzo dal pouf, sentendomi improvvisamente fuori posto.

La stanza brilla di piacere. Tre delle donne hanno afferrato le chaise-long e ci si stanno dondolando sopra, la bocca aperta e le palpebre che sbattono mentre si appoggiano sui cuscini.

Una è saltata in piscina e si sta posizionando davanti a un beccuccio dell'acqua, dondolando il suo sesso verso l'acqua che ne fuoriesce.

Lenah ha abbandonato il suo portamento e la sua eleganza e ora ha entrambe le mani tra le gambe. Le sue grida risuonano per la stanza: "Sì, sì, sì! Oh, sì!"

Cazzo, ho creato un mostro!

Mi passo una mano tra i capelli e le mie dita si impigliano nelle ciocche arruffate. Sono appiccicosa e voglio un bagno. Ma non ho idea di come azionare l'acqua. Forse posso chiedere a qualcuno?

Juno allunga un braccio mentre le passo accanto. "Kim. Grazie", dice ansimando. "Il latte di Korkan è così forte, e ovviamente sua Maestà non convoca nessuna di noi da..."

"Da quando sono arrivata io", finisco la frase per lei. Povere donne! Forse una volta che avrò capito come scappare, potrò liberare anche loro. Se lo meritano.

E, inoltre, questo farà incazzare Aurus.

"Uhm, Juno", comincio a chiedere, ma lei si è messa a quattro zampe e si è sistemata su un cuscino rotondo. Socchiude gli occhi mentre inizia a dondolare.

Nascondo un sorriso. Immagino che dovrò capire da sola come far scendere l'acqua.

Due beta nell'angolo si stanno aiutando a vicenda a spogliarsi. Mentre passo, rinunciano a cercare di districarsi a vicenda dalle sete vaporose. La più alta di loro inizia ad accarezzare il seno dell'altra.

"Sì", geme quella più bassa, gettando indietro la testa, mentre le sue trecce di rame ondeggiano. Mi rendo conto che è Silki. "Così".

Il mio lavoro qui è finito.

～

Kim

. . .

POCHE ORE DOPO, sono sdraiata nel sontuoso letto che mi è stato assegnato in una delle cabine fuori dalla sala principale dell'harem. Non ci sono porte, così la luce soffusa si riflette sul fondo delle mie lenzuola.

Non hanno lampade qui. Usano strane sfere luminose che sembrano sospese nell'aria. Ma, con tutto quello che è successo, non ho ancora avuto molto tempo per dare un'occhiata alla tecnologia aliena.

Ho finito per farmi un bagno con una spugna e quel filo d'acqua che sono riuscita a far uscire dal rubinetto. A momenti, sono stata sul punto di rinunciare a capire il funzionamento dell'impianto idraulico alieno e sono tornata a parlare con Juno o una delle altre, ma non ce l'ho fatta a distoglierle dal loro divertimento. Mostrare loro come prendersi cura di se stesse era il minimo che potessi fare. Anche adesso, posso sentire un occasionale sussulto soffocato o un grido di piacere. Un paio di volte, ho sentito delle donne chiamarsi per nome. Dio sa cosa fa quel latte di korcan o quanto durano i suoi effetti, ma tale bevanda sembra essere simile a ciò che tutti qui chiamano *estro*, cioè ciò che la vicinanza ad Aurus induce in me.

E proprio così: sto pensando di nuovo ad Aurus. Rotolo su un fianco e prendo a pugni il cuscino. Il mio viso è segnato dalla stanchezza. Mi piacerebbe dormire, ma ogni volta che chiudo gli occhi penso ad Aurus e alla nostra lotta. Mi sento tutta irrigidita.

Stupido re e il suo viso compiaciuto e stupendo. Ogni volta che penso che provi un qualcosina di diverso dalla superiorità nei miei confronti, respinge i miei sentimenti e le mie opinioni come se non valessero niente.

In qualche modo, sapere che ha combattuto per farsi strada nei ranghi ed essere nominato re, invece di esserlo diventato per diritto di nascita, rende il suo comportamento peggiore, piuttosto che migliore. Se fosse nato principe, viziato e coccolato, e gli avessero sempre fatto credere nella propria superiorità, sarei stata più disposta a perdonare il suo atteggiamento.

Tuttavia, Dio solo sa da quanto tempo è re, e ho visto il modo in cui tutti lo adorano letteralmente. Immagino sia quasi impossibile non sviluppare un enorme ego, quando tutti ti trattano come una specie di dio.

E si è guadagnato il suo posto, a quanto pare; cosa che, pur a malincuore, devo ammettere.

Ricordare com'era nell'arena di allenamento mi causa una fitta di desiderio nella pancia.

La mia fica è ancora molto dolorante per il troppo sesso. Anche così, se in questo momento un certo uccello dorato dovesse apparire accanto a me, lascerei che mi scopasse di nuovo.

Il siero omega contiene latte di korcan?

Mi sbatto il cuscino sulla faccia. Ho bisogno di pensare ad altro. Aurus ha promesso di portarmi a trovare Emma... Cosa le chiederò? Forse Aurus mi porterà presto a conoscerla.

Però potrebbe aver cambiato idea, dopo la nostra accesa discussione. O la cambierà quando saprà che ho mostrato al suo harem il modo per aggirare la sua crudele punizione. Una piccola parte di me spera che non lo scopra, ma è improbabile che venga tenuto segreto. Anche se le ragazze continuano a stare *in silenzio*, ci sono servi – leggi: "occhi e orecchie" – ovunque.

E non c'è dubbio che abbiano scoperto il piacere personale. A quanto pare, alcune ci danno dentro da quando ho fatto la mia dimostrazione, rischiando seriamente di procurarsi una lesione da sforzo ripetitivo...

Un grido selvaggio risuona fuori dalla mia stanza, stridulo ed echeggiante. E continua, continua, continua. Sembra un gabbiano che viene ucciso.

Mi premo più forte il cuscino sulle orecchie. È inutile. Il dolore tra le mie cosce sta proprio aumentando.

La mia mano si sposta sul clitoride palpitante come se avesse una mente tutta sua, e comincio ad accarezzarlo, dolcemente, lentamente, pronta a fermarmi, se dovesse far male.

Ma la sensazione è piacevole; quindi accelero il ritmo, mentre l'altra mano scivola verso l'alto per trovare il capezzolo sinistro. Indosso ancora un'altra tunica setosa, e il materiale è liscio e delicato sulla mia pelle. Ho strappato di nuovo la parte inferiore per potermi muovere senza inciampare, ma sto iniziando ad abituarmi a questi capi da harem.

Mi piace il modo in cui Aurus mi guarda quando li indosso: come se fossi l'unica persona sul pianeta. Se mi vedesse ora, con le mani tra le gambe e l'eccitazione che mi arrossa il petto, si bloccherebbe come un predatore che avvista la propria preda. Gli occhi si accenderebbero di un ricco color ambra. Balzerebbe in avanti, inseguendomi con grazia lupina. Il suo corpo è cesellato e muscoloso in maniera pazzesca. È incredibilmente grande e non dovremmo incastrarci così perfettamente; eppure, non so come, ci riusciamo...

Cazzo, ora sto pensando di nuovo ad Aurus!

Immagini indesiderate tremolano nella mia mente: Aurus sopra di me, il suo odore inebriante che mi fa girare la testa, i muscoli sodi che si contraggono mentre si muove, i denti aguzzi che mordicchiano il mio collo. Avverto come una pugnalata improvvisa alla fica, come se ora fosse davvero qui e stesse facendo scivolare quell'enorme pene dentro di me, mentre la sua voce ringhiosa mormora deliziose minacce e promesse e lui si spinge inesorabilmente su... e su...

È inutile. Non ci riesco. Per qualche ragione, anche se per diverse volte sono vicina a venire, non riesco a superare il limite, con grande frustrazione.

È come se fossi sotto uno strano, nuovo incantesimo con cui Aurus controlla il mio piacere anche a distanza.

La cosa mi fa infuriare.

Lui mi fa infuriare.

Mi ha rovinato, cazzo!

Stringendo i pugni, sbuffo e mi giro su un fianco e mi raggomitolo, inseguendo il sonno. Ma ho la sensazione che, quando anche dovessi finalmente addormentarmi, il Re d'Oro dominerà i miei sogni.

11

AURUS

Cammino avanti e indietro nella mia camera da letto, chiedendomi dove diavolo sia Kim. Mi sembra sia passata un'eternità da quando l'ho mandata a chiamare, e non c'è ancora alcun segno di quella piccola peste.

È ancora buio fuori; i soli devono ancora sorgere, ma sono troppo arrabbiato per dormire e non voglio aspettare fino all'alba per farmi portare Kim,

Quando Khan è arrivato con la sua piccola omega al seguito, sembrava che tutte le nostre preghiere a Ulf fossero state esaudite. All'apparenza era un piano abbastanza semplice: portare le donne u-man a Ulfaria, dare loro del siero per compensare la carenza di omega ulfarri e usarle per creare una nuova generazione di alfa e omega per i nostri regni.

Chi avrebbe potuto immaginare il terremoto che, di conseguenza, avrebbe sconvolto la mia vita? Non ho pensato che il calore avrebbe pervaso ogni momento della mia esistenza, ogni volta che si fosse presentato, né ho considerato il fatto che portare qui una straniera avrebbe cambiato così tante cose.

Con un profondo sospiro, stringo i pugni e cerco di calmarmi un po' prima del suo arrivo. Mostrare ira la induce sempre a ricambiare con la stessa moneta e io – per quanto sia adorabile quando si arrabbia e si appresta a litigare con me, un alfa grande quasi il doppio di lei – divento subito impaziente.

È un vero peccato che non abbiamo più delle umili e sottomesse omega ulfarri in abbondanza. Abbiamo provato il siero su alcune femmine beta, ma non ha avuto alcun effetto. E quindi dobbiamo ricorrere a delle straniere. Se anche Emma è provocatoria e indisciplinata come Kim, Khan non me ne ha mai parlato.

Devo chiederglielo, la prossima volta che parleremo.

Nel frattempo, una buona dose di disciplina può aiutare a insegnare alla mia piccola u-man a comportarsi bene e a smettere di disobbedire ai miei ordini. Ulf solo lo sa: essere paziente e indulgente non ha funzionato.

Alla fine, le porte si aprono e lei entra trascinando goffamente i piedi, con aria stanca. È pallida e, ancora una volta, ha i capelli tutti scompigliati. L'abito azzurro che indossa fa brillare ancora di più i suoi occhi verdi.

Quando il suo profumo floreale e muschiato mi raggiunge, reprimo una fitta di desiderio.

Ora non è il momento di approfittare del suo agile corpicino. Prima deve imparare la lezione.

"Kim". La chiamo per nome deliberatamente.

Si ferma un po' più in là e solleva il mento, incontrando finalmente i miei occhi. Anche con quelle ombre scure sotto gli occhi, c'è un fuoco che divampa nel suo sguardo color smeraldo. Non dice niente.

"Siediti, per favore". Muovo rapidamente il braccio, indicando uno sgabello vicino.

Incrocia le braccia davanti al seno impertinente, rifiutandosi di muoversi.

Come sapevo che avrebbe fatto.

Trattengo un sospiro.

"Ho sentito cosa hai fatto", dico alla fine.

Altro silenzio.

"È vero?"

Mi sta ancora fissando. Vorrei scuoterla.

Alzandomi fino a ergermi in tutta la mia imponente altezza, mi avvicino e mi paro direttamente di fronte a lei, costringendola a inclinarsi all'indietro per poter continuare a fissarmi torva. "È vero?" le chiedo con voce imperiosa.

"È vero cosa?" dice, una volta che finalmente si rende conto che sono disposto ad aspettare indefinitamente una risposta.

"Hai detto alle altre ragazze del mio harem che potevano darsi piacere da sole?"

Se non l'avessi osservata da vicino, mi sarei perso il modo in cui le sue labbra si sono curvate in un brevissimo sorriso compiaciuto, prima che lei si ricomponesse.

"Rispondi!" Questa volta, lo dico a voce così alta che lei sussulta per la sorpresa.

"Sì", risponde, irata. "La tua punizione è stata ingiusta e lo sai! Inoltre, non avevo idea che non sapessero come masturbarsi". Alza le spalle. "Non era così che mi aspettavo di passare un pomeriggio. Quando sei a Roma, fai come i romani. E quando sei in un harem..."

È proprio impenitente. Ma anche io faccio fatica a trattenere il sorriso.

Una delle mie spie si è affrettata a informarmi di quello che era successo. La mia prima risposta è stata quella di ridere a crepapelle. La mia omega non è altro che un'omega subdola e ostinata. Quand'è stata l'ultima volta che qualcuno ha osato opporsi alla mia volontà? Nessuno dei miei alfa osa sfidarmi; eppure, eccomi qui, battuto di nuovo.

Da una piccola femmina u-man, nientemeno.

"Dai, Kim. Sei più intelligente di come vuoi sembrare", le dico, facendo assumere al mio volto un'espressione severa. "Ti hanno detto che avevano ricevuto del latte di korcan come punizione. Non hai pensato che la conseguente frustrazione poteva essere la parte punitiva?"

Distoglie lo sguardo e fa un'altra scrollata di spalle. "Non pensavo fossi ancora interessato al loro... piacere", borbotta lei alla fine. "Dopotutto, non le convochi da quando sono arrivata".

Il suo tono non rivela nulla, e considero qualsiasi potenziale significato nascosto in quest'ultima affermazione. "Saresti stata gelosa, se l'avessi fatto?" le chiedo.

"Certo che no!" La sua smentita è troppo forte, troppo enfatica. Soffoco un sorriso trionfante.

"Non ti credo", dico. "Ma è una questione inutile. Non ho intenzione di convocare nessuna di loro nella mia camera da letto, mai più". È un test: una dichiarazione fatta con noncuranza, e un attento esame della sua reazione.

Non mi delude: "No?" La speranza nella sua voce è innegabile.

"No. Dopo la tua bravata, ho piani molto diversi per loro".

Macchie rosse le brillano sulle guance e i suoi occhi lanciano fiamme verdi. "Se tocchi un solo capello delle loro teste, io..."

"Tu... cosa farai?"

Serra i suoi pugnetti lungo i fianchi. Adorabile. Il mio membro si gonfia. "Ti rovino", minaccia.

Erompo in una risata prima che riesca a fermarmi. "E come lo farai, piccola?"

"Io ti odio!" Se il suo sguardo fosse un pugnale, sarei già morto. "Dico sul serio, Aurus. Non osare ucciderle, cazzo".

"Ucciderle?" Sono incredulo che lei possa anche solo pensare una cosa del genere. "Mi credi davvero così insensibile?"

"Non lo so! Se non le usi più... Non le ucciderai?"

Scuoto la testa. "Vieni qui". Apro le braccia e, con mia immensa sorpresa, Kim si lancia verso di me, per poi seppellire il viso nel mio petto. Il suo profumo è come un pugno allo stomaco; mi avvolge. Combatto per mantenere l'autocontrollo. "Non ho intenzione di far loro del male", la rassicuro, accarezzando i suoi morbidi capelli dorati. "Non desidero più nessuna di loro, ma non è colpa loro, né tua. Sto prendendo accordi per farle condurre in città. Avranno una casa e un salario. Possono trovare compagni, se lo desiderano, o rimanere sole. Dipende da loro".

"Davvero?" Mi guarda, gli occhi che brillano. "Me lo prometti?"

"Te lo giuro, piccola omega. Mi hanno servito bene. Perlopiù", aggiungo, quando uno sguardo colpevole si posa sui suoi lineamenti squisiti. "Almeno, fino al *tuo* arrivo".

Seppellisce di nuovo il viso nel mio petto, ma non prima che io colga il suo sorrisetto.

La scuoto dolcemente. "Ti dispiace anche?"

"Certo. Mi dispiace di averle messe nei guai".

"Lo faresti di nuovo?"

Silenzio.

Sospiro. Allungo una mano e le sollevo il viso con un dito, così che i suoi grandi occhi rotondi incontrino i miei. "Dato che sei tu ad assumerti la responsabilità della sfida dell'harem, è giusto che sia tu ad essere punita".

"Vabbè". Ma non mi sfugge il bagliore di eccitazione nel suo profumo.

"Devi imparare a stare al tuo posto", ringhio, e sono contento di sentirla sussultare mentre il mio petto rimbomba contro di lei. "Ti sei sicuramente guadagnata una serie di punizioni. Se insisti per continuare a disobbedire, dovrò diventare creativo".

Ora si sta muovendo nel mio abbraccio. "Bene. Facciamola finita".

"Avevamo un accordo", proseguo, "e tu l'hai rotto pochi istanti dopo aver lasciato la mia camera da letto".

Segue una pausa. "Significa che non andremo a trovare Emma?" chiede a bassa voce.

Avevo preso in considerazione la cosa, ma poi ho deciso che dovevamo andare lo stesso. Voglio scoprire se Khan ha altre informazioni sulle u-man, il siero e così via. Io e lui abbiamo un rapporto non proprio amichevole, ma sfortunatamente al momento è l'unico re ulfarri che ha anche un'omega u-man. "No", dico, "li andremo a trovare lo stesso. Dopo".

"Ok. Bene", mormora.

"Togliti il vestito".

Il cambiamento nella sua espressione è istantaneo. Le pupille si dilatano e lei si piega leggermente all'indietro. "Cosa?"

"Hai sentito bene. È il momento della tua punizione". Faccio un passo indietro. Afferra l'orlo del vestito ed esita.

Con un cenno regale la esorto a continuare.

Le si infiammano le guance, ma la sua espressione si fa ostinata.

"A meno che tu non preferisca punire le beta al tuo posto..."

"No!" Si toglie velocemente l'abito, sfilandoselo così

violentemente dalle braccia che il tessuto delicato si strappa; poi si affloscia a terra e lei gli dà un calcio. "Non toccarle".

Il mio respiro si blocca, alla vista della sua forma esile. Nuda, ha di nuovo le mani sui fianchi, tutto il suo corpo tremante in atteggiamento di sfida. "Non ho alcun desiderio di toccarle". La mia voce si ispessisce, così come il mio uccello.

"Leviamoci il pensiero, allora".

"Smaniosa?"

"Io...no. Fanculo".

La mia voce si fa dura. "Avevi promesso: niente più sfide".

"Cazzo", mormora. "Bene. Sono nuda, ora. Qual è il prossimo passo?" Si sta opponendo più che mai alla sua sottomissione.

"Ti punirò nel modo in cui la maggior parte dei maschi ulfarri punisce le proprie compagne cattive".

Le sue pupille si dilatano. "E sarebbe?"

"Lo scoprirai". La prendo in braccio e la porto verso il letto. "Piegati e metti le mani sul materasso", le intimo.

"Oh, Dio!" La sua voce è un semplice sussurro, ma fa come le ho detto.

"Ho sentito che alcune donne lo trovano piuttosto piacevole", dico con nonchalance, prendendo posto accanto a lei. "Però suppongo che dipenda da quanto forte siano state sculacciate. Prenderò in considerazione che questa è la prima volta che devo punirti. Se ci sarà una seconda volta, posso assicurarti che sarà molto peggio".

Non dice niente. È l'immagine della perfezione, con il suo culetto sodo, le cosce snelle e i fianchi stretti. Le mie mani sono così grandi e le sue natiche così piccole che probabilmente le farò più male di quanto potrei fare a una femmina con un sedere grassoccio.

Vedremo.

Il piccolo rigonfiamento del suo sesso è incorniciato in modo così perfetto in questa posizione che decido di farla finita in fretta con la punizione, in modo da poterla poi possedere di nuovo. Il mio uccello pulsa nei pantaloni da quando è entrata nella stanza in una nuvola di quel profumo floreale. Tuttavia, questa volta non le consentirò una piena soddisfazione.

Dopotutto, si tratta di una punizione.

La mia mano scende sul suo sedere con un urlo tremendo, e lei sussulta in modo gratificante. "Ahi!" dice, suonando sorpresa.

"Shh, non ti sto nemmeno colpendo così forte", mento; poi inizio a sculacciarla sul serio.

Più e più volte, il mio ampio palmo tocca il suo sedere teso e liscio e la parte superiore delle cosce, striando la pelle, prima pallida, di sfumature rosa sempre più scure, fino a quando l'intera area non risulta gonfia e calda al tatto.

Kim sopporta stoicamente, senza muoversi, senza alzare le mani dal letto o battere i piedi. Gli unici segnali che lei sente quello che sto facendo sono il modo in cui trasalisce e il suo respiro irregolare, come anche qualche occasionale sussulto allorché le colpisco la parte posteriore delle cosce.

Quando decido finalmente di aver finito, mi brucia il palmo e il mio membro è così rigido da farmi male.

Mettendo l'altra mano sulla parte bassa della sua schiena per segnalarle che deve rimanere al proprio posto, faccio scivolare le dita su quel piccolo rigonfiamento rosa che ha tra le natiche e trovo il bottoncino duro tra le sue labbra inferiori.

Ulf, è bagnata fradicia! Nel momento in cui il mio polpastrello separa il suo sesso, ne fuoriesce un fiotto di umori.

Kim emette un gemito convulso che arriva dritto al mio inguine.

Le piace il dolore. È possibile che le sia piaciuto questo?

La accarezzo per alcuni lunghi momenti di piacere, mantenendo un basso tono di voce. "Brava, piccola omega", dico, "hai sopportato così bene la tua punizione. Tutto è perdonato, ora. Ma attenzione: se mi disobbedirai di nuovo, colpirò il tuo bel culetto con una cintura di cuoio".

Sussulta e io mi tuffo dentro per raccogliere un altro po' dei suoi umori e poi riportarlo al suo centro del piacere, tracciando lentamente dei cerchi attorno al clitoride gonfio nel modo in cui – l'esperienza mi ha insegnato – viene portata dritta al limite, ma non oltre.

"Sembra che ti sia piaciuto, però, vero? Sei così bagnata... e così vicino..."

Le sue cosce tremano e, per un secondo, rifletto se lasciarle o meno raggiungere l'orgasmo, dopotutto.

No. Non se l'è guadagnato. Tolgo le dita dal suo sesso e libero il mio membro dai calzoni. "Stasera non verrai", le dico con nonchalance, portando la testa della mia asta verso la sua fica gocciolante. "Ti scoperò e tu non raggiungerai l'orgasmo. Questa è la seconda parte della tua punizione". Penetro dentro di lei con una spinta lunga e regolare e con tale forza che si piega in avanti e quasi perde l'equilibrio. Afferrandole i fianchi, comincio a muovermi. "E non pensare nemmeno di averne uno a mia insaputa. Non esiterò a tirarlo fuori".

"Per favore", sussurra, ma non mi è sfuggito il modo in cui, alle mie parole, si è stretta intorno a me.

"L'hai voluto tu", le dico, tirandola su e dentro di me, più e più volte, scopandola per sentirmi bene io, senza preoccuparmi del suo piacere. "Non premio mai la disobbedienza. Faresti bene a imparare questa lezione il prima possibile".

Mantengo la mia promessa, tirandolo fuori ogni volta che dalla sua fica parte quel fremito rivelatore che mi fa presagire l'avvicinarsi del suo culmine, e aspetto alcuni istanti prima di spingermi di nuovo dentro di lei. Le nego tre orgasmi, scopandola forte e veloce tra uno e l'altro, prima che il bulbo inizi a formarsi.

Consapevole che il bruciore aggiuntivo e l'allargamento del bulbo di solito la fanno andare oltre il limite, mi ritraggo e mi masturbo fino al completamento, dipingendo con il mio seme, sul suo caldo sedere rosa screziato, delle strisce bianco latte.

Le sue grida disperate e supplichevoli non fanno altro che infiammarmi di più, e vengo così forte e per così tanto tempo che il piacere brucia come un marchio a fuoco alla base della mia spina dorsale.

Alla fine, però, i miei spasmi si placano e la tiro su delicatamente, girandola per poterla stringere tra le braccia.

Sta ancora tremando, il corpo rigido per la tensione. "È tutto finito", canticchio tra i suoi capelli setosi. "Sei perdonata".

"Ti odio", mormora.

"Lo so. Continui a dirlo". Mantengo un tono di voce uniforme, cercando di non farle capire che ho appena provato una fitta al cuore. Perché dovrebbe importarmi, se lei mi odia? Si afferra a me e si fa scopare. Questo è tutto ciò che dovrebbe importare. Ma per qualche ragione, in questo momento, non è abbastanza. "Sei arrabbiata perché ti ho fatto male?"

"Non mi hai fatto male. Niente di tutto questo mi ha fatto male". Che atteggiamento! Anche adesso che è stata sculacciata ben bene ed è sessualmente frustrata. Sta mentendo. La mia mano è ancora dolorante. Il suo sedere è caldo al tatto e la sua fica gocciola.

"Allora perché sei arrabbiata?"

Non risponde, ma mi stringe più forte, le punte delle dita che affondano nella mia pelle.

La tengo stretta, chiedendomi perché una strana sensazione di attrazione alberghi nel profondo del mio petto.

La leggenda racconta di un legame speciale tra alfa e omega: il legame delle anime. Dopo il morso che la rivendica, si forma una connessione tra l'alfa e l'omega che ha scelto come compagna di vita.

Non ho mai avuto intenzione di legarmi con la mia omega. Non è necessario per la riproduzione. Ma mi chiedo come sarebbe. Condividere me stesso con un'altra, permetterle di entrare nella mia mente... Come ci si sente a non essere mai più soli?

Anche se il legame delle anime non è necessario, è qualcosa da considerare. Voglio possedere ogni parte di Kim, sentire i suoi pensieri e sentimenti. E lei sentirebbe i miei. Forse questo le permetterebbe di assecondare più pienamente i miei bisogni.

E potrei percepire cosa prova. Non vedo l'ora di conoscere i suoi pensieri. Di decifrare l'ombra dei suoi stati d'animo dietro le espressioni che passano sul suo viso da folletto.

Forse con il legame delle anime non avrei bisogno di chiedermi cosa stia pensando. Ho assaporato la sua essenza, l'ho posseduta fino in fondo. È più vicina a me di chiunque altro, ma la voglio ancora più vicina.

"Pensi di aver imparato la lezione?" chiedo alla fine.

Altro silenzio.

"Non importa. Ce lo dirà il tempo. Nel frattempo, proviamo a dormire un po'". Uno sguardo alla fessura tra le tende mi dice che i soli sono sorti, ma Kim e io siamo stati svegli quasi tutta la notte. Entrambi abbiamo ancora bisogno di riposare.

Riesco a sistemarmi sul letto senza lasciare andare la mia piccola omega e, nonostante il suo silenzio imbronciato, nonostante l'evidente frustrazione e la rabbia nei miei confronti, lei mi tiene stretto. Il suo respiro rallenta finché non si addormenta tra le mie braccia.

Là dov'è giusto che stia.

12

KIM

Aurus mi ha svegliata con un orgasmo. Con la sua grande testa dorata tra le mie cosce e la sua lingua larga e piatta che mi accarezzava il clitoride, stavo venendo prima ancora di essere completamente sveglia.

Dopo la negazione e la punizione precedenti, il rilascio è stato di per sé quasi doloroso, e lui lo ha fatto durare a lungo, stando fermo e tuffandosi dentro di me solo quando lo imploravo incoerentemente.

Amo e odio che mi riduca così: un pasticcio impotente e implorante.

Tuttavia, ero entusiasta che mi avesse perdonata, oltre che sollevata al pensiero che le ragazze dell'harem fossero state mandate via e avessero ricevuto delle belle case e un po' vergognosa per aver molto gradito il modo in cui Aurus mi aveva sculacciato. Ho già deciso che cercherò di non meritarmi mai più una punizione: il modo in cui il mio corpo reagisce a lui è a dir poco umiliante.

Ora niente di tutto ciò sembra avere importanza, visto che stiamo andando ad Altrim per vedere Khan ed Emma. Finalmente la incontrerò: un altro essere umano, qualcun altro cui è stato somministrato questo strano siero e che può capire quello che sto passando.

Non vedo l'ora.

Aurus ha questa aria indulgente, come un re benevolo che concede una sorta di favore al suo suddito più povero. Normalmente, mi farebbe infuriare, ma sono troppo eccitata per preoccuparmene.

"Da quanto tempo Emma è qui?" Stiamo volando su una specie di ibrido hovercraft-aereo e non ho idea di quanto tempo ci vorrà per raggiungere il regno di Khan, ma la vista dalle finestre è così interessante che non credo mi importerà, se ci vorrà un poco.

"Da non molto", dice Aurus, "ma da abbastanza tempo per aspettare un bambino".

"Wow, davvero?" Digerisco questa informazione. Quindi gli ulfarri possono mettere incinte le donne umane. Come sarà il bambino? Quanti tratti condividerà con la madre, quanti con il padre?

Povera Emma! Aurus è già possessivo ora, figurati come mi controllerebbe, se fossi incinta!

Continui pure a sognare. Non credo che i maghi, come vengono chiamati da queste parti, abbiano trovato la mia spirale, quando mi hanno portato qui e mi hanno chippato. Meno male, cazzo!

"Sai se Emma è felice?" gli chiedo.

"Khan la adora". Il suo tono di voce sembra sprezzante. Interessante... Forse tra lui e gli altri re c'è uno strano tipo di rivalità.

Una bella beta si avvicina e offre da bere a entrambi. Prendo un grosso sorso di succo speziato e ringrazio con un sorriso. Aurus si limita a prendere il suo calice, senza degnarla di una seconda occhiata.

Che stronzo pomposo!

Vorrei che non fosse così dannatamente attraente o bravo a letto. Sarebbe molto più facile odiarlo.

"Siamo arrivati", dice alla fine Aurus, e sento che il veicolo si ferma con un sussulto. Lui si alza e si dirige verso il portellone, con me che lo seguo come un leale cagnolino. Poi sale su una piattaforma che sembra librarsi in aria. È come un tappeto magico di vetro. Esito. Dovessi inciampare, sarebbe una lunga, lunga caduta.

"Questa cosa è sicura?" gli chiedo. Io sarò anche una tosta, ma questa è un po' strana.

"Il modo migliore per percorrere distanze più brevi", afferma Aurus, allungando una mano e aiutandomi a montare sulla piattaforma. È più robusta di quanto sembri, ma vorrei che non fosse trasparente. Non c'è bisogno che veda fino a dove precipiterei, andando incontro a una morte immediata, se cadessi.

"Come fai a guidarla?" gli chiedo.

"Con questo". Aurus dà un colpetto su un joystick, prima di afferrarlo e tirarlo verso di sé. Mentre la piattaforma si alza in volo, perdo quasi l'equilibrio.

"Gesù!"

"Tieniti forte, piccola omega!"

Lo farei, ma non c'è niente cui aggrapparsi. Tranne lui. E mi rifiuto di toccarlo in questo momento. Che sia lui a pregarmi di toccarlo, per una volta!

Mentre prendiamo velocità, impreco sottovoce. L'aria è un po' rarefatta, ma le montagne che, in lontananza, si ergono per andare incontro alle nuvole sono stupende. Quando la piattaforma sfreccia bassa sulla liscia superficie blu-nera di un lago, mi viene la pelle d'oca sulle braccia. Altrim è bellissimo, con profonde vallate piene di laghi lisci come uno specchio. Le case sono costruite direttamente tra le montagne: edifici dal design elegante, scuri e moderni, che sono in qualche modo arroccati in cima alle cascate.

Per quando arriviamo a quello che presumo sia il palazzo di Khan – un'enorme parete di montagna punteggiata da strutture in vetro e pietra stratificate, tra le cascate – mi sono innamorata della piattaforma sfrecciante. Quando fuggirò dal palazzo, sicuramente cercherò di prenderne una. Molto più divertente di una macchina.

"Re Aurus". Un ulfarri follemente alto e robusto, con lunghi capelli blu notte e occhi intensi, si avvicina a grandi passi. Caspita se li fanno diventare grandi questi alfa ulfarri! Sebbene Aurus abbia muscoli più voluminosi, anche questo non è male. I suoi deliziosi muscoli magri si flettono allorché si ferma e assume una posa imponente.

Lui deve essere Khan. Ma dov'è Emma? Non c'è traccia di un'altra donna sulla lastra di pietra su cui siamo atterrati. Non c'è nessuno che sbirci da dietro la porta.

Khan mi guarda dall'alto della sua impressionante altezza. "E questa deve essere Kim".

"La mia omega", dice Aurus, afferrandomi un bicipite e attirandomi a sé, prima di cingermi possessivamente con un braccio. "Davvero. Non è squisita?"

"Piccolina", concorda Khan, come se fosse la stessa cosa. Trattengo un sospiro.

"Piacere di conoscervi... ehm..." Cerco in giro per il titolo onorifico giusto; quindi immagino di poter usare quello universale per la regalità: "Vostra grazia".

"Piacere mio". Per quanto imponente appaia Khan, la sua espressione è calorosa e amichevole. Non minacciosa.

"Emma è qui?" mi scappa dalla bocca, prima che possa fermarmi.

"È nel suo studio di pittura", mi informa Khan. "Ti faccio portare da lei da Calla". Fa cenno a un servitore incappucciato e si rivolge ad Aurus: "Pensavo che avremmo potuto parlare da soli. A meno che tu non abbia altri piani".

Sta attento a non lanciarmi un'occhiata che non sia breve e superficiale. È per il protocollo o è a causa dell'enorme bestia dorata accanto a me, che lo guarda torvo con una gelosia che, appena mascherata, si palesa su tutti i suoi bei lineamenti?

"Immagino che Emma sia sola nel suo studio", dice Aurus.

"Naturalmente. A parte l'occasionale assistente beta che le porta da bere e da mangiare, se lei lo richiede".

"Inserviente donna, suppongo", continua Aurus.

Dio mio! Il ragazzo ha bisogno di lavorare sui suoi ovvi problemi di gelosia. "Calla, per favore, portami da Emma", intervengo, usando il tono imperioso che ho appreso nell'harem.

Aurus si irrigidisce. Cerco di allontanarmi da lui, ma mi tiene ferma. Khan sgrana gli occhi. La serva – Calla è una femmina – è come impietrita tra di noi. Lentamente, abbassa il cappuccio e lancia al suo re uno sguardo interrogativo. Lui, a sua volta, alza un sopracciglio verso Aurus.

"Molto bene", dice alla fine il re dorato, in tono divertito. Mi lascia andare lentamente, posandomi un lieve bacio sulla testa. "Comportati bene", mormora sottovoce, e devo mordermi la lingua. Voglio vedere Emma, e sono consapevole che lui potrebbe riportarmi ad Aurum in qualsiasi momento. Devo comportarmi bene.

"Certo", dico dolcemente, prima di seguire Calla su un'altra piattaforma da trasporto.

Il palazzo è veramente bello. Laddove quello di Aurus è tutto fasto e sfarzose colonne dorate, con più oro di quanto tu possa sopportare di guardare, quello di Khan è costruito su un fianco della montagna. Le gigantesche piattaforme rocciose conducono a stanze torreggianti di ossidiana nera, isolate dalle intemperie da parecchi piani di vetro. Le strutture presentano linee architettoniche snelle, molto moderne ma vicine alla natura. Dei ruscelli scorrono in scanalature lungo i lati delle piattaforme rocciose e si trasformano in cascate, che si infrangono sulle piattaforme rocciose sottostanti. L'aria è fresca grazie alla nebbiolina. Calla e io sfrecciamo intorno a una cascata fino a un ingresso senza pretese scavato nella roccia. La piattaforma si ferma e Calla mi porge una mano per aiutarmi a scendere.

Per un secondo, mi sento in colpa: se Emma sta dipingendo, non vorrei disturbarla. D'altra parte, questa potrebbe essere la mia unica possibilità di parlarle.

Calla bussa alla porta; poi, una volta che si è aperta, scivola dentro. Cammina allo stesso modo delle donne beta di Aurum, come se indossasse i pattini sotto il vestito. "Maestà", dice ad alta voce. "Ha una visita".

Ho appena un momento per ammirare gli splendidi, stupefacenti dipinti allineati lungo le pareti, prima che una bionda straordinariamente carina sbuchi da dietro una grande tela e venga verso di noi. Dopo tutto questo tempo trascorso in compagnia di alieni, la sua pelle pallida e i suoi lineamenti umani sono quasi sorprendenti. "Grazie, Calla", dice, scostando una ciocca di capelli dalla fronte. "Lasciaci sole".

"Volete qualcosa da bere o da mangiare?" chiede Calla, come se non volesse lasciarci sole.

Emma fa un gesto in direzione di un tavolo vicino su cui poggiano un vassoio e dei calici. "Ci ho già pensato io". Fa un dolce sorriso a Calla. "Puoi andare".

"Molto bene". La donna verde pallido si gira e scivola via attraverso la porta da cui siamo appena entrate.

"È simpatica, ma è una vera ficcanaso", dice Emma con

un sorrisetto malizioso. "Tu devi essere Kim". Ha un leggero accento britannico, ma è comunque così bello sentir parlare di nuovo in inglese – un inglese puro e semplice, senza la traduzione intracerebrale – che sono stordita per la gioia.

"Sì", confermo. "Sono così contenta di conoscerti! Non riesco nemmeno a dirti quanto".

Senza preavviso, Emma mi afferra e mi stringe in un enorme abbraccio. "So che ci siamo appena conosciute", dice, quando finalmente mi lascia andare, "ma non hai idea di quanto sia felice di vedere una mia simile. È passato talmente tanto tempo!"

"Da quanto tempo sei qui?" le chiedo, seguendola fino a un paio di divanetti nell'angolo.

Si ferma, si gira di lato e tende il suo vestito blu sulla pancia, per delineare l'inizio di un prominente pancione. "Almeno da così tanto tempo", mi risponde. C'è una nota di rassegnazione nella sua voce? "È un po' difficile tenere traccia del tempo qui; non so se hanno lo stesso numero di ore in un giorno, o minuti in un'ora... ma direi almeno qualche mese. Si sposta su uno dei divanetti e indica l'altro. "Prego, siediti".

Mi accomodo e poi mi limito a fissarla. Dopo essere sempre stata circondata da nient'altro che ulfarri, è strano, ma in qualche modo rassicurante, stare con un'altra femmina umana. Sembra minuscola, in confronto, e mi rendo conto che è così che loro devono vedere me. "Ho così tante domande..." comincio. "Ma non so quanto tempo abbiamo".

"Prima di tutto, stai bene?" I suoi occhi azzurri sono pieni di preoccupazione. "Cos'è successo esattamente? Come sei arrivata qui?"

Descrivo brevemente il risveglio nell'harem e la strana vita che conduco da allora. "Molti dei miei ricordi non sono ancora tornati". Scrollo le spalle. "Forse ho avuto una specie di amnesia prima ancora di arrivare qui".

"Mi dispiace così tanto", dice dolcemente. "Ho cercato di convincere Khan a non portare qui nessun'altra donna umana. Ho pianto, l'ho implorato e perfino minacciato. Ma sicuramente sei qui da abbastanza tempo ormai da sapere quanta poca influenza abbiamo, se desideriamo che i nostri compagni facciano qualcosa che non vogliono".

Il mio cuore inizia a battere forte e sento il sangue pulsarmi nelle orecchie mentre cerco di metabolizzare questa notizia scioccante. "Sapevi che sarebbe successo?" riesco a dire alla fine.

Emma annuisce, tristemente. "Li ho sentiti parlarne. Quando gli ogsul mi hanno iniettato il siero omega e ha funzionato, i re hanno tenuto un consiglio e hanno deciso unilateralmente di provarlo qui sulle loro femmine beta. Quando l'esperimento è fallito, hanno deciso di convincere i maghi a trovare un modo per portare altre donne dalla Terra. Lo giuro, Kim, non c'era niente che potessi fare. Niente".

Riesco a vedere il sincero dolore sul suo viso, e un'ondata di pietà mi inonda. "Naturalmente non c'era niente che tu potessi fare. Hai provato a scappare?"

"Sinceramente? Non ne ho avuto la possibilità. Sono stata in una gabbia, poi su un'astronave e poi su un'altra navicella spaziale; inoltre Khan mi stava attaccato come il bianco sul riso, come dite voi americani. Lui ha attraversato una fase in cui non mi metteva nemmeno giù; mi portava in braccio ovunque, come se fossi un neonato. E poi mi sono innamorata di lui".

"Cosa?" Non credo di aver sentito bene.

"Ne abbiamo passate tante", dice Emma, "e, quando ho

avuto la possibilità di andarmene, ho capito che non volevo. Volevo restare qui. Con lui".

"Avevi la possibilità di andartene?" Non mi lascio sfuggire questa piccola notizia. "Come?"

"Ha visto quanto fossi infelice. Quanto mi mancava la Terra. Ha convinto i maghi a creare un portale, in modo che potessi tornare a casa".

Mi appoggio allo schienale del divanetto, mentre per la testa mi girano così tanti pensieri che riesco a malapena a controllarli. Se hanno realizzato un portale per lei, possono crearne uno per me. Se hanno trovato un modo per portare qui delle donne dalla Terra, possono rimandarle indietro. Perché non mi è venuto in mente prima? Ma Emma ha convinto Khan a farlo per lei. Non c'è modo che io possa convincere Aurus a fare lo stesso per me. "Lui non lo farebbe mai".

"Eh?" Emma sgrana gli occhi. "Chi non farebbe mai cosa?"

Mi rendo conto di aver parlato ad alta voce. "Come hai fatto a convincere Khan a farlo per te? Aurus non lo farebbe mai... Non riuscirei mai a convincerlo a lasciarmi tornare. Soprattutto ora che si è sbarazzato del suo harem".

"Il suo harem?"

Le fornisco brevemente maggiori dettagli su ciò che è successo negli ultimi due giorni, guardando gli occhi di Emma diventare sempre più grandi. Quando ho finito, scoppia a ridere.

"Oh, Dio!" ridacchia di nuovo. "Avrei pagato per vedere la faccia di Aurus quando ha sentito che avevi insegnato a tutte loro a masturbarsi! E come mai non c'erano arrivate da sole? Comunque, gli sta bene. Pomposo..."

"...stronzo", finisco la sua frase per lei, ma, anche mentre lo dico, c'è un barlume di qualcosa nel mio petto. "Lo è. Uno stronzo così pomposo. Se solo non fosse così fantastico a letto..."

Emma ha smesso di ridere e ora mi guarda incuriosita, la testa piegata di lato. "Devo ammettere che, a prima vista, Aurus non mi è piaciuto", dice. "Quando Khan mi ha portato al Consiglio dei re, era così arrogante, così pretenzioso... con tutto quell'oro ostentato ovunque. A parte il Re di Pietra, era probabilmente quello che mi piaceva di meno".

"Il Re di Pietra?"

Emma rabbrividisce. "È inquietante da morire. Ci sono un mucchio di re qui su Ulfaria. Immagino che tu lo sappia".

Annuisco. "Una dei membri dell'harem mi ha informato su un sacco di cose. Ma ancora non capisco l'ossessione per le omega".

"Sì, anche a me ci è voluto un po' per capire davvero come stanno le cose". Emma si alza e si versa un bicchiere del liquido contenuto nella brocca sul tavolo. "Vuoi bere qualcosa?"

"Certo". Accetto il calice con gratitudine, bevendo un lungo sorso del succo fresco e profumato. "È buono!"

"Succo di leeberry. Mi piace da matti. Voglio dire: preferirei un cheeseburger, ma non ce ne sono proprio, qui in giro". Si sistema di nuovo sul suo divanetto blu, stringendo ancora il calice. "Quindi, riguardo alle omega... Fondamentalmente, è così che funziona: la società ulfarri è composta da alfa, beta e omega. È come il sistema delle caste, e tu per nascita fai parte di una di queste. I beta costituiscono la maggioranza. Sono le api operaie: gli ingegneri, gli scienziati, o i maghi, come amano chiamarli qui", fa un sorrisetto mesto, "gli artisti... In pratica, la maggior parte della popolazione. Gli alfa sono forti, più grandi e costituiscono la classe dei guerrieri, si potrebbe dire. Sono i protettori. Le omega sono essenzialmente coloro che generano la prole. Le coppie beta/beta hanno figli beta. In casi molto rari, possono avere un bambino alfa o omega, ma è un evento così raro che la maggior parte delle persone non l'ha mai visto accadere. L'esercito sta diminuendo e il pianeta è costantemente minacciato da varie altre specie che vogliono uccidere tutti qui e impadronirsi di Ulfaria. O per le risorse o semplicemente per avere un nuovo posto dove vivere. Ulfaria ha bisogno di soldati alfa per impedire che ciò accada. Per creare la prossima generazione di alfa, hanno bisogno di…"

"Omega", finisco la frase per lei. "Ricordo che Juno ha detto che gli alfa non possono riprodursi con le beta".

"Esatto". Emma posa il calice e si raggomitola, ponendo le gambe sotto di sé.

"Quindi il calore, l'estro, tutto il sesso… in sostanza, Aurus sta solo cercando di mettermi incinta?"

"Temo di sì. Credimi, ho provato ad oppormi. L'ultima cosa che avrei sempre voluto fare era avere dei figli". Si accarezza la pancia e fa un altro sorriso mesto. "Ma dopo Khan…" La sua voce si spegne, e lei sembra assorta nei suoi stessi pensieri.

"Dopo Khan… cosa?" la sollecito.

"Non ha importanza. Te lo dirò un'altra volta. Non so quanto tempo abbiamo".

"Aurus non sa che ho la spirale", dico piano, e gli occhi azzurri di Emma si spalancano.

"Davvero? Gesù, Kim! Si arrabbierà tantissimo!"

"L'avevo fatta mettere sulla Terra!" Sono indignata e mi chiedo perché io stia così sulla difensiva. "Non immaginavo certo che sarei venuta qui!"

"Hai ragione, naturalmente". Si copre la bocca, ma una

risatina le scappa comunque. "Dio, mi piacerebbe vedere la sua faccia quando glielo dirai".

Rido. "Sto aspettando il momento giusto". Aggrotto le sopracciglia.

"Aurus non sa cosa l'aspetta. Sono felice che tu ti senta a tuo agio a tenergli testa. Ho l'impressione che poche persone, se pur ce ne sono, lo facciano".

"Sì, mi dice sempre: *Non sei quello che mi aspettavo*".

"Forse è una buona cosa". Lo sguardo di Emma si fa penetrante. "Quindi ti stai trovando bene con lui?"

"Per ora. Non ho in programma di restare con lui. Ho intenzione di scappare", le dico.

"Per andare dove? Non è facile tornare sulla Terra".

"Non c'è bisogno che torni sulla Terra", dico, ed è vero. Non ho ricordi specifici della mia casa sulla Terra. Perché dovrei voler tornare? Inoltre, Ulfaria è così affascinante. "Un posto qualunque. Lascerò il palazzo. Andrò in esplorazione. Impartirò lezioni di liberazione sessuale alle donne beta, non so".

Emma ridacchia di nuovo. "Oh, Aurus lo adorerà".

"Lui non ha alcuna voce in capitolo", annuncio con più audacia di quanta ne abbia. "Speravo che tu potessi aiutarmi".

Emma riflette un po' sulla cosa, intrecciando le dita in grembo. "Aurus è scortese con te?"

La domanda mi coglie completamente di sorpresa. "Be', non è crudele. Non mi tiene nuda e incatenata a un muro da qualche parte". La mia fica pulsa mentre me lo immagino; a quanto pare, pensa che essere alla mercé di Aurus sarebbe eccitante. "È persino quasi tenero, a volte. Ma non è questo il punto. Sono ancora prigioniera, anche se ho bagni profumati e bei vestiti..." *E orgasmi frementi e coccole protettive*. "È il miglior sesso che abbia mai fatto, o che probabilmente mai farò. Ma non basta".

Emma sta in silenzio per un po', sempre con le dita intrecciate. "Vorrei poterti aiutare", dice alla fine. "Lo vorrei davvero, ma non vedo come. A meno che non convinciamo in qualche modo Aurus a mandarti via. Voglio dire, potrei aiutarti a scappare da lui, ma dubito che ti lascerebbe andare".

"Forse potrei nascondermi qui". Non appena l'ho fatta, mi rendo conto di quanto la proposta sia stupida.

Emma preme insieme le labbra.

Le faccio un cenno con la mano. "Dillo e basta".

"Potrebbe scatenare una guerra", afferma gentilmente. "E ora io sono la regina del mio popolo. Sono responsabile della sicurezza del regno".

Sbatto le palpebre all'improvvisa regalità del suo tono. Questa minuta umana è davvero una regina.

"Se fossi solo io, sarebbe diverso. Ma..." Si accarezza la pancia.

"No, certo. Che sciocca!"

"Potresti provare a tornare sulla Terra, però ci vorrebbe un po' di tempo. I maghi sanno come farti tornare, ma è difficile e qualcosa può andare storto. E poi, vista la loro fedeltà ai re, sarebbe difficile convincerli".

"Che ne dici di una navicella spaziale?" Non riesco a stare ferma; quindi mi alzo e comincio a camminare in su e in giù. Emma mi guarda dal suo posto.

"È una possibilità. Ma, anche se tu ne avessi una, anche se potessi pilotarla – o convincere qualcun altro a farlo – come faresti a trovare la Terra? Non sapresti da dove cominciare. E chiunque venisse scoperto ad aiutarti..."

Il resto della frase resta sospeso nell'aria, pesante come

piombo. Chiunque venisse scoperto ad aiutarmi verrebbe ucciso. Aurus lo ha già detto.

"Credo che anche uscire dal palazzo sarebbe difficile. Aurus non è il tipo che mi lascerebbe semplicemente andare. La sua preziosa omega..." Scherzo, ma avverto una fitta al cuore. Non sarebbe poi così male stare con Aurus: il sesso è incredibile; il suo uccello dorato è fantastico. Peccato solo che questo sia attaccato a tutto il resto. Forse una battuta...

Emma mi sta osservando, un'espressione dolce sul viso. Mi sfrego la fronte. Per qualche ragione, avevo riposto tutte le mie speranze in lei, e ora l'assoluta futilità della mia situazione mi colpisce come un pugno in faccia.

"Cazzo!" dico piano.

"Mi dispiace".

"Non è colpa tua. Posso trarre il meglio da questa situazione. Io sono fatta così. Vorrei solo qualche altra scelta". Mi avvicino al tavolo e prendo una cosa che sembra un biscotto. Invece di dargli un morso, lo sbriciolo tra le dita.

"Andrà tutto bene", mi rassicura. "Ci inventeremo qualcosa. Potrò anche non essere in grado di aiutarti a scappare, ma sono sicura di poter fare altre cose per te". Si appoggia allo schienale del divanetto e mi guarda, piccole rughe gemelle tra le sopracciglia.

"Sei già stata di grande aiuto", le dico, ed è vero. Deve essere stato terribile per lei, essere completamente sola nella sua situazione per tutto questo tempo. "Ma sì. Forse possiamo trovare un modo... se non per impedire che altre donne vengano portate via dalla Terra, almeno per aiutarle quando arriveranno qui".

"Quello che vorrei sapere è come selezionano le donne", dice Emma, con aria pensierosa. "Voglio dire, sono caduta accidentalmente attraverso il portale, per quanto ne so. Ma

Aurus ha richiesto una bionda e..." Lei mi indica la testa e io mi passo la mano sui miei capelli arruffati.

"L'ho in qualche modo hackerato". Sorrido. "Per irritarlo".

Il suo sorriso le fa brillare gli occhi. "È esilarante! Ha funzionato?"

"Oh, sì. Era furioso". Eppure, le sue parole mi fanno pensare. "Devi mettere sotto torchio Khan", dico lentamente. "Ho l'impressione che tu abbia un rapporto molto più profondo con lui rispetto a quello che ho io con Aurus, che mi vede solo come una cortigiana".

"È un po' come Khan mi ha trattato all'inizio", ammette Emma. "Il legame si è sviluppato in seguito, anche se mi ha dato il morso della rivendicazione molto presto".

"Il morso della rivendicazione? Ti ha *morso*, cazzo?"

"Qualcosa nel mio odore gli ha detto che ero la sua anima gemella, e poi mi ha morso il collo durante un rapporto, legandomi a lui. Da allora, possiamo provare le emozioni reciproche. Difficile da descrivere, e molto bizzarro. Ma sicuramente ci ha fatto avvicinare". Sposta da una parte la sua lunga criniera dorata per mostrarmi una cicatrice circolare sul collo, proprio là dove questo si collega alla spalla.

"Ahi! Deve essere stato doloroso". Mossa a compassione, contraggo il collo e, con una mano, provo poi ad allentare la tensione.

"Lo è stato... ma, per prima cosa, io godo quando provo dolore. E poi... l'ha fatto durante il sesso; quindi..." La sua voce si spegne, mentre le guance le si tingono di rosa.

"Pensi che Aurus mi farà questo?" Sto ancora premendo sul collo. Argh. Mi rimetto a sedere e intreccio le mani in grembo.

Alza le spalle. "Non lo so. Khan parlava del legame delle

anime come se fosse una cosa speciale; quindi forse non tutti ce l'hanno. Mi è sembrato di capire che non tutti gli accoppiamenti alfa/omega sono uguali".

"Legame delle anime?"

"Mmmhmm". Si copre il viso con una mano. "È una cosa che le coppie alfa e omega a volte condividono. È, uhm, è più di una connessione. Succede qui..." Lascia cadere la mano e si tocca il petto, proprio sopra il cuore. "Non so nemmeno come descrivertelo. Immagina tutta la felicità del mondo, ma come una connessione tra te e il tuo compagno. Senti ogni cosa – buona, cattiva, brutta – ma la senti insieme a lui, e c'è questo... non so, questo perenne appagamento. È come tornare a casa".

"Sembra fantastico. Allo stesso tempo, non sembra un qualcosa che Aurus potrebbe volere. Una connessione con un altro essere? Lui è concentrato su se stesso".

"È incredibile", concorda Emma con la sua voce dolce e gentile. "Ma, come ho detto, non tutte le coppie ce l'hanno".

"Interessante". Cerco di mostrarmi disinvolta. Non ho motivo di sentirmi triste. Non vorrei nemmeno essere connessa con Aurus in quel modo. Giusto? "Non ci resta che aspettare e vedere come andranno le cose. A parte stare a letto, non abbiamo fatto nient'altro insieme. Niente che potesse creare alcun tipo di connessione. Dormo lontana da lui, nel quartier generale dell'harem. Quindi forse mi vede davvero come un semplice grembo ambulante".

"È così irritante, vero? Essere ridotte a questo? Come se non avessimo pensieri, sentimenti, desideri nostri". Si guarda intorno nel suo splendido studio. "Ora sono fortunata ad avere tutto questo. Ma ho dovuto percorrere una lunga strada per arrivare qui".

"Questo palazzo è stupendo, da quello che ho visto", le dico, seguendo il suo sguardo verso la vista sbalorditiva di cascate e alberi. "Hai imparato a pilotare quelle piattaforme sfreccianti?"

"Gli skimmer? Sì! È così divertente!"

"Non ho ancora risolto il problema delle porte, però. Come si aprono? C'è una specie di password? Un pulsante nascosto? Vedo che i servitori non toccano niente.

"Oh, è facile! Ti faccio vedere". Si alza e si dirige verso la porta. "Su, vieni!" La seguo. Se saprò come aprire le porte, sarà molto più facile fuggire da Aurus e dal suo stupido palazzo d'oro, anche se solo per un po'.

"C'è una mattonella nascosta davanti a ogni porta, qui", dice Emma, indicandola con il piede. "Se guardi da vicino, puoi vedere che è un po' più rialzata rispetto a tutte le altre. La mattonella è sempre sul lato sinistro e tutto ciò che devi fare è calpestarla. Così". Fa un passo avanti e la porta si apre.

"Sul serio? Tutto qua?"

"Per chiuderla, dalle di nuovo un colpetto. Oppure assicurati di calpestare quella dall'altra parte, mentre oltrepassi la porta", aggiunge.

"Be', è molto più facile di quanto pensassi. Grazie!"

Volge lo sguardo verso di me, la sua espressione improvvisamente seria. "Dobbiamo fare qualcosa per le donne della Terra", dice. "Posso parlare con Khan, ma prima dobbiamo elaborare una sorta di piano di gioco. Un elenco di richieste, o anche delle domande, per cominciare. Voglio dire, e se portassero a casa una donna che ha dei bambini piccoli? O qualcuno che ha bisogno di cure mediche regolari? Qualcuno che si prende cura dei genitori anziani o, cavolo, ha anche solo un animale domestico!

Ora che lo sta dicendo, vedo quanto ha ragione. "D'altra parte, scommetto che ci sarebbero donne disposte a iscriversi volontariamente, se ne avessero la possibilità". "Voglio dire: sesso straordinario regolare e la possibilità di essere una vera regina... qualcuno che è infelice sulla Terra e sta cercando di sfuggire alle sua misera sorte..."

"Capisco cosa intendi. Ok, sediamoci e cerchiamo di risolvere qualcosa. È facile perdere la cognizione del tempo qui, ma immagino che Khan e Aurus non ci lasceranno sole ancora per molto".

Mentre la seguo verso i divanetti, sento qualcosa di nuovo ed eccitante sbocciare nel mio cuore.

La speranza.

13

AURUS

Una volta che Kim è uscita per andare a trovare Emma, Khan mi conduce nella sua sala delle udienze. Lo seguo, mantenendo facilmente il suo stesso passo veloce e sicuro. Mi guardo intorno mentre attraversiamo le stanze e camminiamo lungo i corridoi, curioso di vedere il suo santuario interno.

Non mi sono mai addentrato così tanto nel suo palazzo, prima d'ora. È di gran lunga inferiore al mio, ovviamente. Non c'è oro da nessuna parte. È molto sobrio, con colori tenui, linee e architettura eleganti. Dipinti luminosi e sbalorditivi adornano le pareti, le tele bianche piene di forme vibranti e in movimento.

"Emma ne ha realizzata la maggior parte", mi informa Khan da sopra la sua spalla. "Ha una passione per l'arte".

"Sembrerebbe di sì", rispondo, non sapendo cos'altro dire. "È qualcosa che ha scoperto qui, o è sempre stato così?"

"Era un'artista anche sulla Terra. Eccoci qua". Khan sprofonda su un enorme divano di broccato argentato e alza una mano. Immediatamente appare un servitore. "Cibo e bevande, per favore", dice, e il beta si affretta ad andare a prenderli. "Ma ho assunto un'artista per mostrarle come usare i colori ulfarri e la polvere magica".

"Molto gentile da parte tua", dico, sedendomi su una sontuosa poltrona di fronte a lui. "Suppongo che sia bene tenerle occupate".

Khan mi guarda con gli occhi socchiusi. "È la sua passione", dice. "E mi dà gioia sostenerla in questo".

Segue un breve momento di tensione nell'aria. Khan e io abbiamo sempre avuto una relazione difficile, e i nostri ultimi incontri sono stati ancora meno amichevoli, dal momento che aveva appena rivendicato la sua omega ed era follemente protettivo nei suoi confronti. "È una bella cosa", dico in tono sprezzante. "Suppongo che sarà troppo occupata, una volta partorito".

"Dipingerà ancora il più possibile", dice Khan, continuando a fissarmi torvo. Dal modo in cui si comporta sembra davvero che lo stia insultando.

"Ne sono sicuro".

Dopo un silenzio imbarazzante, mi ricompongo, cercando di ricordare tutte le cose che volevo chiedergli.

"Le u-man sono tutte ribelli e indisciplinate?" Tanto vale iniziare con la domanda più scottante di tutte.

Khan mi guarda con quella che può essere descritta solo come "perplessità". "Emma ha avuto i suoi momenti quando ci siamo incontrati per la prima volta, ma credo che chiunque avrebbe reagito male, viste le circostanze".

Me lo scolpisco nella mente. "Kim non è affatto quella che mi aspettavo. Continua a minacciare di scappare".

Questa volta, una risatina vera e propria è la risposta di Khan. "E tu come reagisci?"

"Non prendo la cosa sul serio", ammetto. "Dopotutto, non saprebbe dove andare. E, anche se riuscisse a uscire dal palazzo, non c'è posto su Ulfaria dove non la troverei".

"Vero", riflette Khan. "Anche se, fossi in te, temerei che si allontanasse tanto da raggiungere un altro regno. Alcuni re non esiterebbero a prenderla per sé, soprattutto in questo momento, prima che avremo abbastanza omega per tutti".

Una rabbia calda e pungente percorre la mia spina dorsale e fa formicolare ogni mia terminazione nervosa. "Non oserebbero", ringhio. "Li ucciderei tutti, fino all'ultimo".

Khan alza un palmo. "Calmati!" dice. "Entrare e uscire dal calore ti rende più aggressivo del solito".

"È vero". Il beta ritorna con le bevande e io prendo del vino, sorseggiandolo con gratitudine. "L'ho imparato sulla mia pelle, quando è apparsa nell'arena di addestramento mentre ero lì con diverse dozzine di soldati alfa".

Khan si sporge in avanti, quasi facendo cadere il calice. "Cos'è successo?"

Glielo racconto, e non mi sfugge il modo in cui il suo viso si scurisce.

"Una breve fuga", dice, quando ho finito. "Sarebbe potuta finire molto peggio".

"Ho provato a punirla", ammetto, "ma non posso sorvegliarla tutto il tempo. Ho un regno da gestire. E ora che ho mandato via il mio harem... Non che siano state molto brave a fermarla la prima volta. Quando Kim decide di volere qualcosa..."

"Le femmine u-man reagiscono in modo diverso alle punizioni", mi dice Khan. "Secondo Emma, sono uguali ai maschi in tutto e per tutto, sulla Terra. Inoltre", le sue labbra si piegano in un sorriso, "Emma è particolare, poiché le piace il modo in cui la punisco. Ho scoperto molto presto che il dolore la eccita".

Lo fisso, senza credere alle mie orecchie. "Penso che questo sia il momento opportuno per ricordarti che qualsiasi cosa condivisa in questa conversazione deve rimanere strettamente confidenziale", dico alla fine.

"Concordo".

"Allora come la punisci, se le piacciono i soliti modi?" gli chiedo.

"Non ho più bisogno di punirla, a parte qualche occasionale gioco di ruolo per divertimento", dice. "Siamo molto soddisfatti".

Mi rendo conto che è questo che voglio. Voglio che Kim sia soddisfatta con me, che mi obbedisca, che sia mia come Emma è così ovviamente, e volontariamente, di Khan. "Non è più infelice? Come ci sei riuscito?"

Khan beve un lungo sorso di vino e spinge la sua criniera di capelli sopra le spalle, prima di rispondere: "Abbiamo ancora dei disaccordi, ma, quando mi sono offerto di rimandarla a casa, ha capito che voleva restare. Alla fine ha sentito il legame delle anime".

"Non riesco ancora a credere che ti sia offerto di rimandarla a casa". Scuoto la testa. Il pensiero di perdere Kim mi fa accapponare la pelle. "Non so perché tu l'abbia fatto".

"Farei qualsiasi cosa per lei", dice Khan a bassa voce. "Quando le ho dato il morso della rivendicazione, quello mi ha legato a lei in modo tale che potevo – posso – quasi sentire le sue emozioni. Era sempre triste. Non era giusto che sopportasse un tale dolore. Ecco perché ho ordinato ai maghi di trovare un modo per rimandarla sulla Terra. Stavo per andare con lei, ovviamente, perché la mia vita non avrebbe più alcun significato, se lei non ne facesse parte".

Mi sfrego il petto. Capisco il sentimento, ma non mi piace. Khan parla come se lui fosse una parte di un tutto, ma non è che, garantendo pari dignità alla sua omega, lui debba necessariamente abbassarsi. Lui è a un livello superiore.

"Come sai, non avevo un'alta probabilità di sopravvivere al viaggio attraverso il portale", continua, "ma era un rischio che ero disposto a correre. All'ultimo momento, Emma ha deciso che non poteva andare. È voluta restare. Ha scelto me".

Mai in vita mia, prima d'ora, ho invidiato qualcuno come invidio Khan in questo momento.

"Incredibile!" mormoro. Devo trovare un modo per far sì che Kim scelga me. "E quando hai deciso di dare a Emma il morso della rivendicazione?"

Lo sguardo penetrante di Khan sembra attraversarmi, mettendomi a disagio. "Non è stata una decisione consapevole", dice. "Sapevo dal suo odore che era la mia anima gemella e, quando siamo andati in calore, i miei canini si sono allungati e io... l'ho fatto e basta".

All'improvviso, tutto ciò che voglio è prendere Kim, riportarla ad Aurum e fare lo stesso con lei. Voglio che sia mia in tutti i modi.

"Come stanno procedendo i maghi nella loro ricerca per portare più u-man qui?" continua Khan, posando il suo calice vuoto e appoggiandosi allo schienale. "Ce ne sono state altre, oltre a Kim?"

Sospiro. "A dire il vero, non ho seguito i loro progressi così da vicino come avrei dovuto. Sono stato... distratto da altre cose. Onestamente, non mi interessa molto se trovano altre omega. Ho la mia, ora. Voglio concentrare tutta la mia attenzione su di lei".

"È un peccato", dice Khan con leggerezza. "Emma avrà delle domande. Mi supplica ancora di non permetterlo".

"Permettere cosa? Di portare qui altre femmine u-man?" Rido. "Questo non è affar suo".

"Su questo non sarebbe d'accordo con te", dice Khan. Il tono affettuoso nella sua voce ogni volta che parla di Emma è innegabile. "Tu non salveresti dei compagni ulfarri, se dovessi ritenerli in pericolo?"

"Trattiamo bene le u-man", dico. "Non corrono alcun pericolo".

Khan si strofina il mento. "Non da noi, forse", riflette, "ma garantiresti per tutti gli altri re? Anche quelli che non compongono il Consiglio dei Nove? Potresti garantire che nessuna delle u-man sarebbe in pericolo, se si trovasse nelle lande selvagge di Ulfaria? O tra alfa malvagi?"

Ha ragione. "Ma dobbiamo portarne altre", ribatto. "Abbiamo un intero esercito da ricostituire e sostenere. Non dimenticare: Ulfaria ha molti nemici. Sono passati decenni da quando siamo stati gravemente attaccati, ma i sistemi di allarme hanno segnalato attività insolite nel territorio di Chitin".

"Allora dobbiamo assicurarci di essere preparati", dice Khan. "Chiama il consiglio per allertare i re. Se i Chitin osano entrare nella nostra atmosfera, affronteranno l'ira dei Brutali. Ammesso che riescano ad avvicinarsi. Il nostro pianeta ora ha più difese che mai".

"E se quelle difese fallissero?"

"Ho i miei Combattenti del cielo. E tu hai il tuo esercito. Nessuno può resistere agli alfa di Aurum".

È un complimento palese, ovviamente detto per lusingarmi, ma funziona. "Sono ben addestrati", dico con orgoglio. "Tuttavia, sappiamo entrambi che non è questa la generazione a cui mancano i soldati alfa. Sarà la prossima, a meno che non facciamo ciò che è necessario per cambiare la situazione".

"E lo faremo", promette Khan, "ma desidero essere maggiormente coinvolto in questo processo. Così come Emma. Conosce la Terra, conosce le u-man. Lei è una grande risorsa".

"Si lamenterà, o supplicherà, o farà qualsiasi altra cosa le venga in mente per fermarci", ribatto. "Non credo che coinvolgerla sarebbe saggio".

"Lascia fare a me", dice Khan. "Nel frattempo, penso che dovresti concentrarti di più su Kim e fare il possibile per renderla felice. Sono arrivato a credere che le femmine uman abbiano maggiori probabilità di concepire quando sono felici".

Alzo un sopracciglio, incredulo. "Sospetto che Emma ti abbia detto questo per essere certa di poter fare sempre a modo suo".

La sua improvvisa indignazione è visibile nelle spalle tese di Khan. "Non sempre fa a modo suo", scatta, "ma io provo piacere nel vederla contenta. Se Kim è ribelle e si rifiuta di sottomettersi, ti suggerirei di provare a darle qualcosa che vuole".

"Cioè cosa?" Ho i peli dritti all'insinuazione che non sto compiacendo la mia omega, e sto lottando per reprimere la mia furia.

Khan fa spallucce. "Per Emma, era dipingere. Per Kim... chissà? Chiediglielo e basta".

"Forse lo farò". Mi alzo dalla poltrona, facendogli intendere che il nostro incontro è finito. I miei pensieri sono pieni di Kim. Sta diventando sempre più difficile per me essere separato da lei.

Presto, dovrò darle il morso della rivendicazione e completare il legame delle anime. Voglio sentirmi vicino a lei. Voglio essere sempre dentro di lei.

Il mio membro sta pulsando nelle brache. "Per favore, manda qualcuno a prendere Kim. Per noi è ora di tornare a casa".

14

KIM

Sono annoiata. Tanto, tanto annoiata. Per qualche ragione, pensavo che le cose sarebbero cambiate, dopo la visita a Khan ed Emma.

Mi sbagliavo.

Non appena siamo tornati ad Aurum, Aurus mi ha portato nelle sue stanze e mi ha fottuto finché nessuno di noi due ha potuto più muoversi. Poi, a un certo punto, mi sono addormentata e lui se n'è andato.

Non lo vedo da allora. Non so da quanto tempo se ne sia andato, ma sono sola nelle sue stanze. I servi mi portano da mangiare e da bere, e tra un pasto e l'altro mi addormento, faccio il bagno nella sua grande vasca e vado avanti e indietro. Ho tagliato il fondo di tutti i miei abiti eleganti, così da poter camminare senza ostacoli. A volte faccio piccole routine di allenamento, cercando di recuperare le abilità acrobatiche e di combattimento che evidentemente mi appartengono. Vorrei che Aurus mi lasciasse entrare nei campi di addestramento, così potrei davvero vedere cosa sono in grado di fare. Ho tirato fuori l'argomento solo una volta e lui mi ha subito messa a tacere.

Sono ancora il suo piccolo animaletto domestico. Niente di più, niente di meno.

La mia intera conversazione con Emma si ripete continuamente nella mia mente. Porteranno altre donne umane su Ulfaria. Dobbiamo fermare tutto questo. Ci sono dei portali. Potrei tornare indietro... se volessi. Emma ha convinto Khan. Potrei fare lo stesso con Aurus? È quello che voglio?

Speravo di avere la possibilità di parlare con lui, di scoprire cosa prova al riguardo. Per aiutarlo forse a capire il mio punto di vista. Almeno per persuaderlo che sarebbe meglio convincere in qualche modo le donne a iscriversi volontariamente al programma, invece di rapirle a caso dalle strade della Terra.

Ma non ho idea di dove egli sia, o quando tornerà. I domestici non mi parlano. Mi portano cibi e bevande e scivolano via di nuovo, attenti a non dire una parola. E nessuno di loro è di sesso maschile. Aurus è ancora super protettivo nei miei confronti, a quanto pare.

Alcune delle ragazze dell'harem saranno anche state troppo piene di sé, ma almeno sono riuscita a conversare con loro. Ho chiesto se potessi andare a trovarle in città, ma come risposta mi è stato dato un brusco *no*.

Sono sola.

Ora ne ho davvero abbastanza. Devo uscire di qui. Un po' d'aria fresca potrebbe farmi bene. Indosso l'abito più caldo che riesca a trovare – Aurus ne ha fornito una selezione per me – e un paio di scarpe. Sono di una pelle morbida ed elastica di qualche tipo, e mi sembra di non indossarle affatto. A quanto pare, non ci sono telefoni su questo pianeta, ma hanno dei comfort che adoro.

Alzando il mento, assumendo un atteggiamento regale, calpesto la mattonella per aprire la porta principale e varcarla a grandi passi, come se non mi importasse nulla del mondo. Mi aspetto che ci siano soldati a guardia dell'ingresso... ma non ce ne sono. Che strano!

Che fortuna!

Nella sala principale di Aurus, dove l'ho incontrato la prima volta, guardo il muro pieno di armi, mordendomi un labbro. Dovrei provare ad arrampicarmi e rubarne una?

No. Non ho intenzione di uscire di qui per combattere. Sto solo andando a prendere un po' d'aria. Non voglio dare ad Aurus un motivo per arrabbiarsi con me, quando tornerà.

Cammino finché non trovo più alcuna porta, ricordando vagamente il percorso verso l'esterno che ho seguito quando le ragazze mi hanno portato nell'arena di addestramento. Il palazzo sembra stranamente tranquillo e silenzioso. Dove sono tutti? C'è una strana atmosfera che mi mette un po' a disagio, ma decido di non farci caso. Non posso essere in pericolo. Per quanto protettivo sia Aurus, non mi lascerebbe mai da sola, se incombesse su di me una minaccia.

Alla fine, trovo le enormi porte decorate che conducono all'esterno e, in effetti, c'è una mattonella nascosta per aprirle. La calpesto ed esco.

Questa volta, ci sono soldati con l'elmo sull'altro lato... ma, anche se girano la testa e ovviamente mi vedono, non mi chiamano e non cercano di fermarmi. Sono sorpresa ma oltremodo sollevata. Il calore dei soli sulla mia pelle è incredibilmente piacevole, e mi dirigo dietro un angolo, cercando di decidere dove andare.

Quando vedo la fila di piattaforme sfreccianti, tutte allineate, il mio cuore inizia a battere più veloce e sono davvero eccitata per la prima volta dopo... giorni, suppongo. Potrei andare a fare un giro. Sarei al sicuro da strani animali alieni su una di quelle cose e potrei comunque esplorare un po'.

Aurus mi ha mostrato come utilizzare il joystick e non sembrava così difficile.

Salgo e guardo le luci lampeggiare sul pad di controllo. La piattaforma oscilla un po', come quando si sale su una barca, ma è abbastanza grande e robusta da non farmi temere che si schianterà a terra.

Premendo il pulsante più grande, accendo il joystick e lo impugno con cautela, facendo un respiro profondo prima di muoverlo leggermente in avanti.

Come previsto, la piattaforma inizia ad allontanarsi, scivolando, dal molo.

Presto elaboro le varie direzioni e scopro che, alzando la cloche, la piattaforma sale più in alto nell'aria; viceversa, spingendola verso il basso, il veicolo va in discesa.

È divertente!

Una volta compreso il funzionamento dei comandi, parto per un piccolo tour esplorativo dell'area circostante il palazzo. Un gruppo di creature dall'aspetto di mucche mi fissa mentre le sorvolo, e mi meraviglio delle loro dimensioni, chiedendomi se siano pericolose. Tutto su questo pianeta sembra più grande che sulla Terra: i suoi abitanti, la flora e la fauna...

"I peni", mormoro, pensando ad Aurus. "Tutto è più grande su Ulfaria..."

Ridacchiando tra me e me per la mia penosa battuta, quasi mi prende un colpo quando sento un ruggito vicino.

"Kim!"

Voltandomi, vedo Aurus che si avvicina su una sua piattaforma sfrecciante.

"Kim! Cosa stai facendo, in nome di Ulf? Torna qui!" È ovviamente livido di rabbia, con i suoi occhi color miele bruciato che lampeggiano.

"Mi *annoiavo*!" urlo di rimando.

"Stai cercando di scappare! Non c'è via di fuga!"

Improvvisamente, sono piena di rabbia. Come osa? Lo stronzo mi lascia sola per giorni e poi, quando finalmente mi sto divertendo, appare dal nulla, cerca di fermarmi e mi rivolge accuse ingiuste. "Non è vero!" rispondo, voltandogli le spalle e spingendo il joystick in avanti per accelerare.

"Dobbiamo tornare a palazzo, adesso!"

È un vero guastafeste. Guardandomi alle spalle, vedo che ora anche lui sta andando più veloce, e impulsivamente decido che non gli permetterò di rovinarmi il divertimento. "Prendimi, se ci riesci!" Rido, poi mi allontano da lui, facendo una virata precaria e sfrecciando via.

"Oh, ti prenderò! E quando lo farò..."

Il resto delle sue parole si perde nel suono sibilante del vento mentre accelero, schivando gli alberi e girando loro intorno, godendomi la velocità e il brivido dell'insegui-mento, orgogliosa di quanto sia riuscita a far andare veloce questa cosa.

È dietro di me, ovviamente; anche se non oso voltarmi, posso percepire la sua vicinanza, e di tanto in tanto la fragranza del suo profumo inebriante mi riempie le narici.

"Dove stai andando?" urla lui.

"Ovunque tranne che qui! Ti odio!" sbotto, spingendo il joystick finché non vado il più veloce possibile.

"Mi odi ancora?" Il dolore nella sua voce mi coglie di sorpresa. Poi mi suscita rabbia. Gliel'ho detto più e più volte e, anche quando penso che potrei affezionarmi, dimostra quanto poco significhi per lui. Quanto sia pieno di sé.

Che non sono altro che il suo animaletto domestico.

"Fanculo!" sussurro e spingo il joystick tutto in avanti. A tutto gas. Lo skimmer fa un sobbalzo, facendomi quasi salire il cuore in gola. Merda, se è veloce!

"Kim, stai attenta!"

Alla nota di panico nel tono di voce, mi volto verso Aurus e... all'improvviso un dolore atroce mi trafigge; poi tutto si oscura...

Quando apro gli occhi, il bel viso dorato di Aurus torna a fuoco. È in ginocchio e mi sta cullando, con i suoi occhi che brillano di preoccupazione. "Piccola omega", canticchia.

"Ahi!" Mi porto una mano alla fronte e palpo quello che diventerà senza dubbio un bernoccolo spettacolare.

"Non hai visto l'albero?"

"Non ho visto quel dannato albero", ammetto ironicamente.

"Sei ferita?"

"Non credo". Eseguo un rapido controllo del mio corpo, muovendo le dita delle mani e dei piedi. A parte il bernoccolo palpitante sulla testa, mi sembra di star bene.

"Che ti è saltato in mente?" La preoccupazione nel suo tono si è trasformata in accusa, e un'altra ondata di rabbia mi travolge.

"Ero *annoiata*!" Cerco di liberarmi dalla sua presa e alzarmi, ma con la sua forza bruta mi impedisce di muovermi. "Mi hai lasciata da sola per giorni! Completamente sola! Non una parola su dove fossi o cosa stessi facendo! Nessuno che mi tenesse compagnia o conversasse con me... niente da fare, se non pensare. Volevo uscire ed esplorare la zona!"

Segue una pausa. "Non stavi cercando di scappare?"

"L'hai detto tu stesso", mormoro, "non c'è via di fuga".

"Ulf", dice, "quando ti ho visto colpire quel ramo..." Mi stringe a sé e mi rendo conto che mi sta baciando dolcemente sulla testa.

"Lasciami!" Non voglio che sia gentile o tenero in questo momento. Sono troppo arrabbiata.

"Mai, mai", dice. "Sei mia, Kim. Ero così preoccupato! Non ti lascerò mai più sola".

"Dove eri andato, comunque?" Mi appoggio abbastanza indietro da poter vedere il suo viso. Non traspare niente. Sento che mi sta nascondendo qualcosa.

"Dovevo sbrigare degli affari con il consiglio, ma adesso non importa. L'importante è che tu non sia ferita. Oh, mia piccola omega, io..." Posa le sue labbra sulle mie e mi bacia con passione, con la lingua che mi saccheggia la bocca, bevendosi le mie proteste.

Il suo profumo – pelle nuova e legno di sandalo – mi inonda le narici, facendomi venire le vertigini dal bisogno, e le mie braccia si protendono, come se non avessi alcun controllo su di esse, e mi aggrappo a lui, quasi stessi annegando e lui fosse la mia ancora di salvezza.

Perché lo voglio così tanto? Sono combattuta tra rabbia e desiderio e, quando la sua grande mano scivola verso il basso per prendere a coppa il mio sesso e comprimere con il palmo il clitoride, comincio a bagnarmi, gemendo nel suo bacio.

Ora sta ringhiando, mentre mi lecca il collo e mi spinge affinché mi sdrai sulla schiena, per poi allargarmi le gambe con la sua enorme coscia.

Una parte lontana del mio cervello si chiede se stia usando il sesso per confortarmi; dopodiché la familiare pulsazione del suo membro, che, allargandomi, scivola dentro di me mi priva di ogni pensiero coerente.

Aurus sta spingendo lentamente in profondità, toccandomi in tutti i punti giusti, e il mio orgasmo sta avanzando verso di me con tutta la delicatezza di un treno merci. Posso percepire che qualcosa è diverso... c'è una nota sottesa di tenerezza in lui... e il suo ringhio basso e bitonale mi fa venire la pelle d'oca.

Allargo ancora di più le cosce e faccio scorrere le dita tra i suoi folti capelli dorati, graffiandogli il cuoio capelluto con le unghie.

Impennandosi, emette un ruggito, ed ecco che si forma il bulbo, facendomi bruciare la fica, spingendomi al limite.

Stringendo gli occhi, mi perdo nel mio orgasmo, mentre onda dopo onda di piacere fanno contrarre il mio nucleo attorno a lui.

Un dolore acuto e accecante al collo mi fa sussultare e spalancare gli occhi.

Mi sta mordendo, con i suoi canini che affondano in profondità nel punto morbido dove il collo si congiunge alla spalla.

Il morso della rivendicazione.

È un dolore così piacevole! Il bruciore doloroso si trasforma in piacere nel mio nucleo.

Il suo enorme corpo mi copre. Gli spingo su il petto, prima che mi schiacci.

Tanto varrebbe provare a spostare una montagna.

Il suo grosso avambraccio scivola sul mio petto per tenermi ferma mentre succhia e lecca la ferita.

Ad ogni leccata, rabbrividisco per le scosse di assestamento.

"Cazzo!", farfugio. Sembro ubriaca. "Aurus…"

"Mia", dice con voce suadente. "Siamo legati, ora". Si alza e mi guarda con quegli occhi color ambra intensi, ipnotizzanti. "Ora mi appartieni. Per sempre".

C'è una fitta di tristezza nel profondo del mio petto, seguita da un sussulto di rabbia impotente. Meglio essere arrabbiata che afflitta. "Qualunque cosa accada", sussurro.

È vero. Gli apparterrò per sempre. Ma il pensiero non comporta altro che dolore.

Per quanto potrò amarlo, lui non sarà mai mio.

15

AURUS

Le parole non possono descrivere l'orrore che ho provato quando ho visto la testa di Kim sbattere contro quell'enorme ramo d'arancio. Il mio cuore ha cessato di battere, ho smesso di respirare e tutta la mia attenzione si è ridotta a una sola cosa: assicurarmi che fosse illesa.

In quell'istante, ho saputo con struggente certezza che la amo.

La amo.

Quindi, una volta accertatomi che l'aveva scampata bella, il mio unico istinto è stato quello di reclamarla. Per farla mia in ogni modo.

Per sempre.

Il suo urlo lamentoso quando ho affondato i denti nella morbida carne color pesca mi ha gelato il sangue, ma non c'era niente che potessi fare. Ero già troppo eccitato e, inoltre, doveva essere fatto.

Dopo la mia conversazione con Khan, il pensiero di darle il morso della rivendicazione si era fatto sempre più insistente, ma qualcosa ancora mi tratteneva. Kim è strafottente. È irritante. Non vuole stare con me.

Quando mi ha urlato che mi odia, allontanandosi da me su quella piattaforma, è stato come se un pugnale con la punta avvelenata mi avesse trafitto il petto.

Con il risultato che il mio desiderio per lei si è intensificato.

Ora, con il sapore della sua eccitazione sulla lingua, i miei lombi che esplodono di piacere mentre mi muovo velocemente dentro di lei più e più volte, so di aver fatto la cosa giusta.

Kim era destinata ad essere la mia compagna.

Abbiamo un legame di anime e, ora che l'ho rivendicata, se ne accorgerà anche lei. Non sarà più relegata in un semplice harem. Sarà la mia pari in tutto e per tutto, sempre al mio fianco, come è giusto che sia.

Mi accascio su di lei, respirando il suo dolce odore muschiato, sentendomi più vivo che dopo la battaglia più cruenta. Il mio cuore batte così forte che mi occorre un momento per accorgermi che, sotto di me, la mia piccola omega sta tremando.

Strofino la mia guancia contro la sua, marchiandola con il mio profumo. I suoi capelli arruffati mi solleticano. Adoro il modo in cui incorniciano il suo viso da folletto. Non sopportavo che li avesse tagliati così corti? Ora non posso immaginarli in nessun altro modo. Le donano.

Non è per niente una tipica omega, ma questo la rende ancora più preziosa.

Con grande sforzo, mi sollevo abbastanza da poterla guardare in faccia.

Sembra quasi... triste. Poi mi osserva mentre la guardo, e i suoi lineamenti si induriscono.

"Figlio di puttana!" sputa fuori, i suoi bellissimi occhi

verdi spalancati e un'espressione sul viso che non riesco a interpretare. "Mi hai *morso*!"

"Mi dispiace di averti fatto male, piccola omega", mormoro, posando un bacio sulla sua fronte liscia, "ma andava fatto. Siamo legati, ora. Ci apparteniamo".

"Neanche per sogno!" Lotta sotto il mio peso, dandomi dei pugni sulla schiena. Quando capirà che questa resistenza è inutile? "Togliti di dosso!"

"Solo se prometti di non scappare". Il suo skimmer è andato distrutto; quindi la sua unica opzione sarebbe quella di rubare il mio. Mi piacerebbe pensare che non oserebbe tanto, ma oserà eccome. Le guardie che si erano appostate fuori dal palazzo hanno obbedito agli ordini e mi hanno avvisato non appena l'hanno vista uscire. Hanno detto che non sembrava avesse fretta e che forse stava solo andando a fare una passeggiata, ma io sapevo la verità: stava cercando di mettere in atto le sue continue minacce di fuga.

"Per l'ultima volta, stronzo: non stavo scappando! Stavo esplorando!"

Sono abituato alla deferenza e al rispetto, e gli insulti di Kim servono solo a ricordarmi quanto sia diversa dalle femmine ulfarri. Da una vera omega. "Attenta alle parole che dici!", le intimo severamente, districando piano il mio membro da lei e rimettendolo nei pantaloni prima di accovacciarmi e porgerle una mano.

La ignora, balzando in piedi senza il mio aiuto. "Ti dirò quello che mi piace! Cristo!" Le sue dita vanno alla ferita sul collo. "Sta sanguinando?" La sua voce si è addolcita e l'improvviso passaggio dall'adorabile furia all'umiliante vulnerabilità mi fa stringere il cuore nel petto.

"No", le dico dolcemente. "L'ho pulita con cura e, quando torneremo a palazzo, la benderò".

"L'hai leccata", mormora. "Non l'hai pulita".

"Il morso della rivendicazione è un processo biologico", le spiego. "Ci sono proprietà curative e antibatteriche nella mia saliva".

"Oh".

"Comunque, non dovresti toccarla". Allungo un braccio e le tolgo la mano dalla spalla, per poi stringergliela. Il mio enorme palmo racchiude il suo mentre la conduco allo skimmer. "Meglio tornare. Si sta facendo tardi". In effetti, i soli stanno calando all'orizzonte.

"Non mi hai ancora detto dove sei stato per tutto questo tempo", dice a bassa voce, "e sono ancora arrabbiata con te perché mi hai lasciata".

Devo dirle la verità? Che sono stato chiamato a una riunione di emergenza del consiglio con gli altri re poiché recentemente abbiamo ricevuto la notizia che sono state avvistate delle navi nemiche dirette a Ulfaria? "Ti spiegherò tutto una volta che saremo a casa", dico alla fine, decidendo che non è né l'ora né il luogo. Voglio che lei sia di nuovo nel mio letto, al sicuro.

Salito sullo skimmer, la attiro al mio fianco e le avvolgo un braccio intorno alla vita con fare possessivo, mentre prendo i comandi con l'altra mano.

"Mi dispiace di aver distrutto il mio", borbotta Kim. Non sta cercando di allontanarsi da me, né si sta avvicinando. Sto lottando per interpretare i suoi pensieri. Strano. Khan ha detto che sarei stato in grado di sentire le sue emozioni attraverso il legame, una volta che l'avessi reclamata.

"Non importa", dico. "L'importante è che tu non sia ferita, a parte quella brutta protuberanza in testa, che farò esaminare dai maghi".

"E il brutto morso sul collo", aggiunge. Il suo bel visino è accigliato.

"Ancora una volta: mi dispiace che ti abbia fatto male,

ma era necessario". Prendo il joystick e spingo la leva in avanti, prima di virare alla volta di casa.

"Perché? Non ti importa niente di me! Per te sono solo un grembo ambulante".

"Questo non è vero!" L'indignazione mi fa alzare la voce, e mi costringo a riabbassarla, a rimanere calmo. "Perché lo pensi?"

"Non lo penso, lo so. Juno e le altre hanno detto la stessa cosa, come anche Emma. Hai bisogno di un'omega con cui riprodurti. Non importa che persona sia. I suoi pensieri e sentimenti, la sua felicità sono irrilevanti. Non mi coinvolgi in niente, sono solo il tuo animaletto omega. Non ti importa più di me, una volta che hai finito di scoparmi. Dici che sono una delusione come omega..."

"Quando l'avrei detto?"

"*Non sei quello che mi aspettavo, Kim*", dice con voce acuta, scandendo ogni parola per imitare beffardamente la mia voce.

"Beh, tu non sei..." Comincio, ma poi mi fermo appena vedo i suoi occhi fiammeggianti di rabbia. "Ma non sei una delusione".

"Non lo pensi davvero", mi deride. "Non hai bisogno di dirlo... l'hai dimostrato. Non significo nulla per te. Mi scopi e poi mi lasci come un cane in gabbia. Nel momento in cui smetto di comportarmi come una perfetta piccola omega, mi rispedisci all'harem".

Ogni parola della sua filippica è come un pugnale nel mio cuore. È vero. Il suo ostinato atteggiamento di sfida e la sua mancanza di rispetto hanno fatto sì che mi concentrassi sul suo status di omega, e niente di più. Ma da allora qualcosa è cambiato. Come spiegarglielo? "Ti avrò anche trattato così all'inizio", le concedo, mentre attraverso un boschetto, sollevato quando in lontananza vedo apparire il palazzo scintillante, "ma tu hai reso difficile il conoscerti come persona. Tutto ciò che hai fatto è stato disobbedirmi e parlare di fuga".

"Tu mi tratti ancora in quel modo". Ora il suo tono è rassegnato, ed è in qualche modo peggio di quando mi urla contro. "Mi hai lasciata da sola. Di nuovo. Nessuna spiegazione, nessun avviso. Non sono solo una schiava da usare per il piacere e che puoi mettere da parte e ignorare, quando vuoi prenderti una pausa. Ho dei sentimenti".

Stringo la presa su di lei, inalando il dolce profumo dei suoi capelli. Per la prima volta, sento il nostro legame. C'è del dolore che pulsa attraverso di esso. È dannatamente vicino a spezzarmi il cuore. "Per favore, perdonami!" la prego. "Discutiamo di tutto questo quando saremo a casa. E ti spiegherò dove sono andato quando ti ho lasciata".

Emette un piccolo sospiro, seguito da un breve silenzio. Ho fretta di tornare al palazzo, ma non voglio rischiare di far schiantare lo skimmer; quindi mi costringo a mantenere una velocità moderata.

Alla fine, la strada dorata si estende davanti a noi, luccicante nel bagliore dei soli al tramonto. Procedendo, il mio palazzo si profila sempre più grande.

"C'è qualcosa che devo dirti anch'io", dice Kim alla fine. "E non ti piacerà".

"Dimmelo".

"Non ora, mentre guidi. Più tardi, quando parleremo".

Qualcosa nel suo tono mi fa rizzare i capelli. Un brivido di terrore. Un imminente senso di sventura. Posso sentire la sua paura attraverso il legame. Improvvisamente alla disperata ricerca di informazioni, porto la piattaforma a pochi centimetri dalla strada dorata e, poste le mie mani sulle spalle di Kim, la faccio girare verso di me. "Dimmelo adesso", le ordino con tono imperioso.

Lei distoglie lo sguardo. "Io... non ti darò eredi", dice lentamente. "Non posso".

Ho sentito bene? "Cosa?" chiedo con voce stridula.

"Non posso rimanere incinta!" dice, incontrando finalmente il mio sguardo. La sua espressione è strafottente, sulla difensiva. "Ho la spirale".

"Cosa?" Quel che dice non ha senso. Resisto a stento all'impulso di scuoterla.

"Sulla Terra", ora sta deliberatamente parlando, lentamente, come se si stesse rivolgendo a un sempliciotto, "mi è stato inserito un dispositivo che mi impedisce di rimanere incinta. Si chiama "spirale".

La sola idea è ridicola. Perché qualcuno dovrebbe fare una cosa del genere? Quale sarebbe lo scopo? Ignorando il sangue che mi sale alla testa, deglutisco una volta e cerco di rimanere calmo. "Perché?"

Tira su le spalle. "Molte donne ricorrono al controllo delle nascite, quando non vogliono rimanere incinte".

"Perché mai non dovrebbero volere una gravidanza?"

Un'altra alzata di spalle. "Per un sacco di ragioni diverse: perché non hanno ancora incontrato la persona giusta; sono troppo giovani; vogliono concentrarsi sulla carriera..."

"Questo dispositivo, questa...spirave

"Spirale", mi corregge.

"Può essere rimossa? Inattivata?"

"Sì. Da un dottore. Sulla Terra. È nel mio grembo. Non riesco a tirarla fuori da sola".

Improvvisamente, capisco cosa sta facendo: mi sta mentendo. Questo è uno stratagemma per convincermi a permetterle di tornare sulla Terra, in apparenza per far rimuovere questa cosa. Fortunatamente, posso intuire il suo vero scopo. "Bel tentativo!" dico.

"Eh?" Sembra davvero perplesso.

"Se hai una cosa del genere, i maghi troveranno un modo per rimuoverla in sicurezza. Non è necessario tornare sulla Terra. Il tuo posto è qui. Con me".

"E se non volessi rimuoverla?" Si libera dalla mia presa, fa un passo indietro e incrocia le braccia sul petto.

Sbuffo. "Non hai scelta".

"Ah no?"

Riesco a sentire la sua rabbia palpitare nel nostro legame. "No", ringhio, mentre sento aumentare il mio stesso malumore. "Tu mi appartieni". Deve litigare con me proprio in ogni momento? Mi appresto ad afferrarla per le spalle, m poi vedo i suoi occhi spalancarsi mentre fissa qualcosa dietro di me. Nel legame, la sua rabbia si è trasformata in un gelido terrore, che scorre lungo la mia schiena, e so cosa sta succedendo ancor prima che l'ombra scivoli sul suo viso, per poi coprirci entrambi.

Devo portare Kim in salvo.

Siamo sotto attacco.

16

KIM

"Cos'è stato?" gli chiedo. "Cosa sta succedendo?"

Il viso di Aurus si è contorto fino ad assumere l'aspetto di una maschera tragica. Un'ombra è calata su di noi. Il cielo è diventato buio, solcato com'è da enormi astronavi nere che oscurano i soli. Ce ne sono davvero tante.

"I Chitin sono qui". La sua voce è cupa.

Si è alzato il vento, con l'aria fredda che si apre un varco in quella calda. L'aria pungente è ora pervasa da un fetore sulfureo. Mi prude la pelle.

"Dobbiamo andare", mi esorta Aurus, attirandomi a sé e avvolgendomi, protettivo, con un braccio. Mi tengo stretta a lui mentre accelera, spingendo lo skimmer al limite. Sfrecciamo lungo la strada d'oro, alla volta del palazzo. Invece di dirigerci verso le enormi porte d'ingresso, sfrecciamo su verso un'alta torre e atterriamo su una superficie piana. I venti soffiano sopra di noi, quasi strappandomi via il vestito.

"Non c'è tempo", mormora Aurus. Il suo viso ha un'espressione dura. Mi solleva e salta giù dallo skimmer, con pochi fluidi movimenti. "Kim". Mi depone a terra e mi aiuta a stabilizzarmi ponendo le mani sulle mie spalle. "Devi andare giù..." Fa un cenno a una piccola apertura che conduce a quella che presumo sia una scala. "Devi nasconderti".

"Va bene". Deglutisco. "Ma tu cos'hai intenzione di fare?"

"Devo andare in battaglia. Il nemico è qui".

In alto, file di navi ricoprono ogni centimetro disponibile di cielo. Si limitano a stazionare lì... Cosa stanno facendo? "Ma..."

"Vai!" Mi dà una spinta e io corro giù per le scale. Qualche passo più sotto, mi fermo e sbircio fuori per vedere cosa sta facendo Aurus.

In cima a questa torre c'è una guardiola. Aurus corre verso la parete e ne colpisce un lato con un pugno. Una sorta di pulsante invisibile fa aprire di scatto il muro, rivelando un'enorme armatura dorata. Sembra la sua armatura normale, ma più grande.

Preme il pettorale, e le sezioni dell'armatura si aprono abbastanza da permettergli di scivolare al suo interno. In pochi secondi, la forma alta più di due metri si trasforma nella versione corazzata di un supereroe alfa, alta tre metri. Un ronzio meccanico sembra provenire dalla sua tuta, mentre lui cammina verso il bordo della torre. Si ferma e torna da me.

"Vai giù, Kim", mi ordina. "Segui le scale fino in fondo. I beta ti guideranno al bunker". E poi, dall'orlo, salta in aria.

Sussulto. Sto per correre e vedere se è caduto, dove è caduto, quando torna alla vista. L'aria sotto i suoi stivali è increspata da una sorta di tecnologia dell'hovercraft.

"Kim!" ruggisce. "Ho bisogno che tu mi obbedisca. Ho bisogno che tu sia al sicuro".

"E tu?" Urlo contro il vento che mi sferza la testa.

"Combatterò. Sono un alfa. È quello che faccio". Ora sta guadagnando quota, fluttuando sopra la mia testa. Si gira e sfreccia via.

Dritto verso l'allineamento di veicoli alieni.

"Oh, mio Dio!". Corro fino al limite. La forma dorata di Aurus brilla all'ombra del nemico. Combatterà contro quelle grandi navi da solo?

So che ha un ego enorme, ma andiamo! Affronterà cinquanta navi un milione di volte più grandi di lui?

Aurus allunga le braccia, ancora in bilico nell'aria. È il bersaglio perfetto. Trattengo il respiro, aspettando che le navi sparino su di lui e lo inceneriscano all'istante.

Il mio cuore si stringe. Non voglio che succeda.

Bong! Un suono familiare mi fa sobbalzare.

Giù nell'arena, qualcuno sta suonando il gong. Cavolo, se rimbomba! Grida echeggiano su per le scale. Si spera che tutti stiano andando a nascondersi. Ci sono un sacco di persone in questo palazzo: soldati alfa, maghi beta, tutti i servitori. Spero che staranno al sicuro.

Forse dovrei andare ad aiutarle. Andare con loro. Ma non posso. Non posso fare ciò che Aurus ha chiesto, ciò che mi ha ordinato, non mentre è lassù, ad affrontare il nemico da solo.

È ancora sospeso in aria, un punto luminoso contro uno sfondo di scafi nemici.

Mi fa male la mascella da quanto ho stretto i denti.

È assurdo.

Bong! Qualcosa scricchiola, poi cigola. L'intero palazzo trema. Mi aggrappo al muro per non cadere. Un fragoroso suono di marcia mi fa guardare in basso. Più a destra, la strada dorata si estende dalla facciata a colonne. Le porte del palazzo, alte cinque piani, sono state aperte e file e file di soldati stanno marciando in perfetta formazione: enormi alfa in armature dorate come quelle del loro re.

Marciano lungo la strada fin dove si allarga e poi si fermano. Fila dopo fila, avviano il proprio hovergear e si alzano in volo, sfrecciando verso l'alto per unirsi al loro re.

Sì!

Tiro un pugno sulla parte superiore del muro della torretta. Voglio essere lassù con loro. Voglio essere pronta a combattere.

Aurus è alto e orgoglioso, i suoi piedi piantati in aria. Questo è ciò per cui è nato. L'alfa più grande, il sommo re di Ulfaria. Nato per governare. Nato per comandare.

I ventri delle navi nere si aprono con un terribile scricchiolio. Ne fuoriesce un tanfo di zolfo, che mi fa venire il vomito. E qualcosa sfreccia da una delle navi. Poi altre cose: nere, ronzanti, lucenti, nelle loro tute corazzate.

Le navi chitin hanno i loro guerrieri. E il nemico può anche volare.

Uno ronza sulla mia testa e io la abbasso, anche se è a centinaia di metri sopra di me. Ha occhi neri e lucenti, una specie di orribile mandibola; sembra una mantide religiosa, solo di dimensioni enormi. A grandezza umana. A grandezza alfa.

I chitin sono simili a insetti. Enormi, orribili insetti alieni di dimensioni alfa.

Mi si accappona la pelle anche solo a guardarli. Si riversano fuori dalle loro navi in sciami neri: centinaia e centinaia, poi migliaia e migliaia.

E Aurus se ne sta lì a mezz'aria, comportandosi come se tutto questo fosse normale. Mentre lo stormo di chitin sciama in avanti, lui alza le mani più in alto e fiamme escono dai suoi guanti.

I chitin emettono una specie di clic: un suono fastidiosis-

simo, echeggiato un milione di volte dai loro fratelli. Scara-
faggi del cielo.

I soldati alfa si lanciano all'attacco nelle loro tute
volanti, puntando i loro lanciafiamme integrati contro gli
insetti. Rango su rango dorato, sfrecciano in formazione
triangolare, aprendosi un varco attraverso lo sciame di
chitin.

Il fuoco crepita. Insetti fumanti cadono dal cielo. Ma ci
sono così tanti chitin e così pochi guerrieri ulfarri. Sono
solo piccole macchie dorate in un cielo nero brulicante di
insetti.

Devo aiutarli. Non posso solo stare qui a guardare.
Questo può anche non essere il mio pianeta, ma... Fanculo!
È il mio pianeta. Potrò anche non essere del tutto felice qui,
ma non voglio che Ulfaria sia invaso da inquietanti insetti
alieni.

Ho bisogno di un'arma.

Corro verso il muro della guardiola. Dov'è quello
stupido bottone? Forse c'è un'altra armatura che posso
usare, o almeno da cui prendere una pistola.

Colpisco la superficie liscia del muro. Come ha fatto
Emma a capire come funziona?

In qualche modo, premo il punto giusto e un'altra
sezione del muro si apre. Questa volta, un'enorme pistola
spunta fuori dal suo scomparto nascosto.

Sì, cazzo!

"Omega", grida qualcuno. È una figura in tunica sulle
scale: un beta, uno dei servitori, la sua pelle, di un tenue
color turchese, pallida per l'angoscia. "Non dovresti essere
qui! Devi metterti in salvo!"

"Dobbiamo aiutarli" urlo di rimando.

"Non puoi combattere", si agita il beta. "Sei un'omega".

"Non sono solo un'omega", dico. "Sono una tipa tosta".

Spingo la pistola con un grugnito e grido da sopra una spalla: "Aiutami, o togliti di mezzo!"

Il beta cerca di discutere, ma, quando vede che ho intenzione di trascinare questa pistola fino al bordo del muro turrito, si arrende. Va a grandi passi verso la guardiola e preme un altro pulsante nascosto. Un'intera collezione di pistole si solleva da terra, perfettamente allineata per poter sparare oltre il muro.

Mi sfugge una risata. "Sì, cazzo!"

Mi affretto verso una di quelle e cerco un modo per mirare.

Si ode un boom e tutte le pistole sparano. Alzo le mani per coprirmi le orecchie, prima di rendermi conto che l'esplosione è già finita.

Il beta sembra compiaciuto. "Bombe incendiarie. Sono controllate roboticamente. Si aggancerranno ai chitin e li faranno fuori".

"Ma non puoi sparare così, indiscriminatamente. Ci sono degli alfa là fuori. E il re".

"Questi sono solo i primi colpi", precisa.

Le bombe colpiscono le prime ondate di insetti ed esplodono. Il fuoco si diffonde tra i loro ranghi. Cadono alcuni corpi neri, le ali a pezzi. I soldati ulfarri sfrecciano tra di essi, bruciando il resto dei frammenti e riducendoli a una polvere nera.

L'aria si riempie di quell'infernale tanfo sulfureo. Il vento porta qui il fetore. Tossisco, quando mi arriva in faccia. Ogni respiro brucia, come se stessi aspirando acido. Minuscoli coltelli mi stanno tagliando l'interno delle narici. Mi strofino il naso.

"E adesso?" gli chiedo. "Ce ne sono ancora altri".

"Ora tocca all'esercito di Aurum".

"Metti questa cosa sul controllo manuale", ordino, indicando la pistola. "Adesso".

"Devo programmarla per disabilitare..."

"Fallo!" urlo. "Adesso!"

Giro la pistola e la punto verso un gruppo di chitin che sciamano intorno a un solo soldato alfa. Miro ai bordi della massa e sparo una bomba incendiaria. Esplode. L'esplosione sbalza indietro il guerriero, ma i chitin là attorno prendono fuoco e cadono. L'alfa sfreccia via.

"Ah ah, sì!" Prendo a pugni l'aria.

"Ben fatto!" mormora il beta.

Gli faccio un sorrisetto. "Te l'avevo detto che sono una tipa tosta".

Contorce il viso; sta fissando qualcosa al di sopra della mia spalla.

"Cosa?" mi volto. Cavolo, i chitin deve essersi resi conto che qualcuno stava sparando contro di loro. Una nuvola nera si sta dirigendo verso di noi.

"Corri!" Il beta mi afferra e ci tuffiamo per la tromba delle scale. Atterro dura sulla pietra, coprendomi la testa con le mani.

Qualcosa sfreccia sopra la nostra testa.

"Guarda!" Il beta sussulta.

Ho paura di farlo, ma sbircio come meglio posso fuori dall'apertura, verso le scale, restando al riparo.

Una nave si libra sopra di noi. È appena più grande di uno skimmer, con un corpo triangolare e due lunghi rebbi che sporgono sul davanti. Una luce rossa crepita tra quelle punte. Lo scafo della nave brilla di una lucentezza violacea.

Sfreccia in avanti, verso lo sciame di chitin. C'è un crepitio e iniziano a piovere alcuni insetti. La puzza di zolfo si intensifica, con un che di amaro e di bruciato in più.

Bleah, insetto fritto.

Tenendo le mani sulla bocca, il beta ed io ci mettiamo di nuovo al riparo.

"Chi sono?" urlo tra le dita.

"Combattenti del cielo. I guerrieri di Altrim sono arrivati".

Altrim: il regno di Emma. "Sì!" ringhio. "Prendili, Khan! Fottili!"

Navi viola solcano il cielo a zig zag. Sono più piccole e più veloci delle astronavi chitin, ma più grandi degli insetti. I laser rossi liquidano rapidamente la nuvola nera; quindi i Combattenti del cielo si raggruppano attorno alle navi chitin. Dai loro scafi viola pulsano dei bagliori rossi che fendono l'imbarcazione nera. Altri insetti color ossidiana fuoriescono dalle astronavi, piovendo sui Combattenti del cielo.

Ma i guerrieri di Aurus sono pronti, e volano verso lo sciame come angeli vendicatori dorati. Tra i Combattenti del cielo e l'esercito di Aurum, i ranghi dei chitin iniziano a diradarsi.

Sia io che il beta guardiamo la scena dal nostro nascondiglio.

"Grazie per il tuo aiuto", gli dico. "Lo apprezzo molto. Sono Kim, comunque".

"Lo so". Mi guarda dall'alto in basso. "L'omega".

"Kim", suggerisco. "Ho un nome".

"Kim. Io sono Terral". Stringe le labbra. "C'è una possibilità che io possa convincerti a scendere nel bunker?" mi chiede e sospira quando scuoto la testa. Appena potrò, impugnerò di nuovo la pistola, ma in questo momento i Combattenti del cielo hanno tutto sotto controllo.

"I chitin", dico. "Che cosa sono?"

"Una razza aliena di un'altra galassia. I chitin sono da tempo nemici di Ulfaria. Vengono su un pianeta, spazzano via ogni forma di vita e usano il suolo arido per riprodursi.

Che schifo! Arriccio il naso. "Vengono spesso?"

"Sono passati anni dall'ultimo attacco, ma non lo abbiamo dimenticato. Abbiamo fabbricato armi e collocato sistemi di allarme nello strato esterno della nostra atmosfera, ma sembra che quei satelliti abbiano fallito. Ora, la nostra unica speranza è che gli alfa possano opporre resistenza. Sono la nostra ultima linea di difesa".

Suppongo sia un bene che gli alfa diventino così grandi.

"La classe dei guerrieri si è formata nel corso dei secoli", continua il beta a bassa voce. "Garantisce la sopravvivenza di Ulfaria. Senza omega, non possiamo sostituire i guerrieri".

Gli lancio un'occhiata acuta, ma lui è intento a osservare la battaglia.

Sospiro. Immagino sia per questo che il pianeta Ulfaria è ossessionato dalla mia capacità riproduttiva. Individuo la sagoma di Aurus tra il resto dei combattenti. Sta guidando il gruppo, una cometa dorata che sfreccia nel cielo.

"Sii prudente", sussurro. Potrà anche essere un stronzo, ma è il *mio* stronzo. Non voglio che muoia.

Aurus

Le battaglie aeree sono infinitamente complesse. A terra, il nemico può attaccare frontalmente, posteriormente o lateralmente. In aria, può anche scendere dall'alto o salire dal basso. Trecentosessantacinque punti di attacco... al quadrato.

Fortunatamente, i guerrieri di Aurus vengono addestrati al combattimento aereo fin dalla più tenera età. E io ero il guerriero più giovane di tutti.

Le armi da fuoco lanciano fiamme su tutti i lati. Il caldo è opprimente. L'aria è un muro di polvere carbonizzata e fumo. Non sto solo volteggiando, sto addirittura nuotando tra le nuvole grigie.

Qualcosa scatta alla mia destra. Sono le mandibole schioccanti e le ali di un chitin. Allungo prontamente il braccio e delle fiamme si sprigionano dal centro del mio palmo guantato.

Le nostre tute sono refrigeranti e resistenti al fuoco. I chitin sono robusti, ma non quanto la nostra armatura. A loro favore hanno solo i numeri.

Quando è stato lanciato l'allarme sul potenziale arrivo dei chitin nel nostro spazio, il Consiglio dei Re si è riunito. Eravamo sorpresi, ma non preoccupati. Il nostro pianeta ha molti livelli di protezione. In passato, i combattenti alfa erano l'unica difesa di Ulfaria contro i chitin. Ora, la tecnologia magica che abbiamo sviluppato nel secolo scorso può impedire ai chitin di attraversare la nostra atmosfera.

Tuttavia, sembra che quelle difese avanzate abbiano in qualche modo fallito. I chitin non avrebbero mai dovuto avere la possibilità di avvicinarsi così tanto.

O ogni singolo elemento dei nostri livelli difensivi ha fallito individualmente, oppure i chitin hanno una tecnologia più avanzata dall'ultima volta che hanno visitato la nostra galassia. È possibile. Ma non probabile.

Ciò lascia aperta un'altra possibilità: qualcuno ha smantellato gli allarmi e le nostre difese spaziali. Significa che questo attacco è stato orchestrato dall'interno. Da un traditore.

Il mio ruggito risuona nell'elmo. Scendo in picchiata su

un campo nero di chitin, eliminandoli con la mia fiamma. I corpi cadono a destra e a sinistra.

Una fila di Combattenti del cielo urla sulla mia testa. Le forze di Khan sono concentrate sull'attacco alle astronavi chitin, su cui sparano da tutti i lati, danneggiandole. Seguendo le emissioni elettromagnetiche dei componenti, per poi sparare e disintegrarli in polvere, che pioverà, innocua, su Aurum. La mia gente è stata fatta evacuare e ha trovato riparo nei bunker, dove rimarrà fino alla fine degli attacchi, e io dichiaro che le città sono sicure. Se tutto andrà secondo i piani, i cittadini di Aurum sopravvivranno a questa prova.

Adesso tutto dipende dagli alfa.

Avverto un lieve fremito nelle narici, solleticate da un velo di profumo: il profumo di Kim. Posso percepire la sua preoccupazione, la sua vigile attenzione. È al sicuro, ma sta pensando a me.

È il legame che si sta formando. Una tranquilla ondata di calore insorge nel mio petto. Non ho tempo per pensare a lei, ma la porto lo stesso con me.

Nubi di chitin escono dalla nave che ho di fronte. Sfreccio in avanti, con l'arma da fuoco alzata. Combatto per il mio regno, per il mio popolo, ma soprattutto per la mia omega. Per Kim.

Lei è la ragione per cui non devo solo combattere, ma sopravvivere. Lei è la ragione per cui devo vincere.

~

Kim

. . .

IL CIELO LASSÙ RIBOLLE DI FUMO. Pezzi di chitin piovono sul palazzo come una sorta di sferragliante acquazzone.

Il frastuono è assordante: gli schiocchi inquietanti, il crepitio delle fiamme, lo scricchiolio delle ali e dei carapaci che si scontrano con l'armatura e tuoni in lontananza, mentre le astronavi chitin si schiantano al suolo.

Le sorti della battaglia stanno cambiando. Alcune navi chitin si dirigono verso l'alto, cercando di tornare nello spazio. I Combattenti del cielo li inseguono, mentre fulmini rossi colpiscono i loro scafi ancora e ancora. Tuttavia, sono caduti anche dei Combattenti del cielo e dei guerrieri di Aurum: comete che sfrecciano e brillano luminose tra gli sciami nemici mentre precipitano giù dal cielo.

"Vieni", grido a Terral e corro di nuovo verso la pistola. La punto contro ammassi solitari di chitin e sparo sugli sciami. Ma in realtà sto osservando i cieli. Dov'è Aurus?

Finalmente lo vedo. Staziona vicino allo scafo di un'astronave, incenerendo chitin alla fonte. Un trio di Combattenti del cielo piomba sull'enorme nave, mentre i loro laser trinciano lo scafo. Il veicolo inizia a tremare. Mentre precipita, Aurus si ritrae, per poi sfrecciare via. Ma un'enorme nuvola di insetti volteggia, lasciata lì a morire dalla loro nave madre.

I Combattenti del cielo se ne sono andati, seguendo l'astronave in caduta e trinciandola in pezzi più piccoli. Così Aurus resta da solo. Enorme, dorato, corazzato, armato... e solo: il bersaglio perfetto.

Mi sto mordendo forte il labbro. Aurus alza le braccia, sparando fiamme sul nemico sopra di lui. Pezzi di chitin iniziano a piovergli su entrambi i lati. Piccoli bagliori dorati appaiono e scompaiono alla mia vista nell'ombra ribollente dei corpi degli insetti.

"No!" Provo a mirare, ma non voglio lanciargli contro una bomba incendiaria. Devo fare qualcosa.

Lascio la mia postazione e corro verso lo skimmer.

"Kim!" grida Terral. "Cosa stai facendo?"

"Devo andare da lui". Afferro il joystick, toccando con un sussulto il bernoccolo sulla fronte. L'ultima volta che l'ho utilizzato, non è andata così bene. La seconda volta sarà quella buona?

"Non puoi! Terral mi afferra una caviglia e mi tira. Tengo la presa sul joystick. Potrei prenderlo a calci in faccia, ma non voglio fargli del male.

"Devo andare", urlo. "Non può combattere contro tutti! Sono troppi!"

"Lui è il re! È suo diritto combattere, morire per noi!"

"Non finché ci sarò io..." Mi libero dalla presa di Terral. Lui si sbilancia e inciampa all'indietro, visibilmente scioccato.

Appoggio la mano sul joystick e mi alzo in volo. Lo skimmer si allontana dal palazzo. Viro per dirigermi verso l'ammasso nero che circonda Aurus...

...giusto in tempo per vedere il suo corpo corazzato precipitare giù dalla nuvola di chitin e continuare a cadere.

Aurus

I SISTEMI DELLA MIA ARMATURA SONO SOVRACCARICHI. La combinazione di polvere e fumo è insostenibile. I chitin sono diretti da una mente-alveare, il che li rende individualmente stupidi. Ma sono difficili da battere quando agiscono di conserva: ogni individuo si sacrifica per la vittoria di tutti.

La loro principale forma di attacco è sopraffare un soldato aurum, bloccare i booster della sua tuta e lasciare che la gravità faccia il resto. Ora, molti stazionano nell'aria, pronti a banchettare con la mia carne appena il mio corpo cadrà a terra.

Questo. Non. Accadrà. Quando vedo che i miei booster non funzionano più, mi inclino all'indietro e faccio fuoco sullo sciame in volo. Se devo morire, porterò con me il maggior numero possibile di chitin.

Ho combattuto una buona battaglia. Ho dato tutto me stesso. Per il mio regno. Per la mia gente.

Il mio unico rimpianto è che lascerò il mio unico e vero amore: la mia Kim...

"All'attacco!" Un grido altissimo squarcia l'aria. Mi giro, a bocca aperta. C'è Kim, i capelli corti appiccicati alla testa nel vento sibilante, i suoi occhi verdi spalancati e le labbra tese, come in preda a una gioia maniacale.

"No!" Ruggisco, cercando di allontanarla un attimo prima di sbattere contro lo skimmer. La piattaforma si piega sotto il mio peso e il corpo esile di Kim inizia a oscillare paurosamente.

"Wow!" Solo la sua presa sul controller le impedisce di cadere. "Tieniti forte, ragazzone!" Sfreccia su, giù, intorno a uno sciame, poi in avanti in un tratto di cielo limpido, ridacchiando per tutto il tempo.

"Cosa stai facendo!" le urlo, aggrappandomi a un lato dello skimmer. Questa è un'imbarcazione da diporto; non è stata progettata per la guerra. Prova ne è il fatto che, quando l'imbarcazione si ribalta durante una manovra evasiva, io cado subito fuori.

"Dannazione!" urla Kim, facendo girare lo skimmer per prendermi. Mi faccio largo tra alcuni chitin, rompendo loro le ali e incenerendo quello che posso, prima di riatterrare con un tonfo sulla piattaforma.

"Kim!" Sono livido di rabbia, con il sangue che ribolle.

"Scusa! Questa cosa è fantastica. È come fare un giro sul tappeto magico... Canto la canzone? 'Il mondo è mio...'AHHH!"

I chitin ci stanno correndo dietro, un mostro furioso e schioccante composto da molti corpi in volo. Proprio mentre stanno guadagnando terreno su di noi, Kim gira accidentalmente il joystick nella direzione sbagliata. Scattiamo all'indietro. I chitin si disperdono.

"Ops!" squittisce Kim e sposta la leva del controller. Lo skimmer trema a sinistra, a destra, in alto e in basso. "Questa cosa è sensibile, vero? È come fare una sega a qualcuno... Per fortuna sono brava con quelle, giusto?"

Precipitiamo di trenta piedi, lasciando il mio cuore e lo stomaco in bilico tra le nuvole sopra di noi.

"Riportaci al palazzo", ruggisco.

"Ok", brontola. "Non vuoi più combattere quassù?"

"ORA!"

Lo skimmer continua a scendere, tremando fino a fermarsi alcune volte mentre Kim cerca di capire come fare a planare correttamente. La discesa a scatti mi fa rimbalzare contro la piattaforma ancora e ancora. Mi mordo il labbro per non urlarle contro. Sta facendo del suo meglio.

Doveva essere nel bunker, al sicuro. Potrei ucciderla per ciò che ha fatto... ma...

È venuta per me. E mi ha salvato la vita.

A patto che non ci uccida entrambi facendo schiantare lo skimmer. Non siamo ancora al sicuro.

Supera la torre. Una piccola figura in una tunica si erge su di essa, facendoci dei cenni forsennati con la mano. Mentre passiamo, lo riconosco: è Terral. Il beta ci osserva sfrecciare oltre, poi si precipita a prendere le armi e ad abbattere chiunque ci segua.

Lo skimmer raschia la cima di un muro, facendo cadere la statua di un guerriero alfa morto da tempo. La piattaforma si inclina e io l'afferro per un lato appena un attimo prima di scivolare via. Sotto di noi c'è l'arena. Il terreno di sabbia rosa si sta avvicinando rapidamente, insieme alla pedana e alla struttura in legno che sorregge il Gong d'Onore.

"Aurus!" strilla Kim. Lo skimmer colpisce la sabbia e inizia a scivolare. Il gong e la piattaforma incombono sempre più vicini. Stiamo per schiantarci...

Bong!

∼

Kim

C'È UN RONZIO ASSORDANTE NELLE MIE ORECCHIE, ma, a parte questo, sto bene. Ho di nuovo distrutto lo skimmer, ma fortunatamente aveva già rallentato parecchio e nessuno di noi due ha riportato ferite gravi. Meno male che ho colpito quella statua, mentre mi avvicinavo all'arena!

Alla mia destra, Aurus giace su un mucchio di armature ammaccate. Per un momento, avverto una punta di preoccupazione, ma poi lui geme e si mette lentamente a sedere. Ci vuole ben più di una corsa sfrenata su uno skimmer per ucciderlo.

E che corsa sfrenata è stata!

"È stato fantastico!" Sono senza fiato e sto ridendo. L'ho fatto, cazzo! Ho salvato Aurus e sono riuscita ad atterrare sull'arena. Ok, avrebbe potuto essere un atterraggio più delicato, ma arriverà anche quello, col tempo. I pezzi dello skimmer sono sparsi sulla sabbia. Abbiamo colpito qualcosa... oh. Il gong. Ecco cos'era quel suono vibrante. Cos'è. Il gong è incastonato nel muro a pochi metri di distanza, ancora tremolante. La cornice di legno che lo reggeva è a pezzi e la pedana su cui si trovava non ha resistito all'urto.

Ma ce l'abbiamo fatta.

L'adrenalina mi scorre nelle vene. Voglio correre per l'arena, cantando. Non c'è da stupirsi che gli alfa amino combattere. È fantastico, cazzo!

"Kim!" Un ruggito, e Aurus è su di me. Il suo corpo enorme mi copre, inchiodandomi alla sabbia. Davanti a me vedo il volto di un alfa infuriato, a denti serrati e con occhi da folle.

"Cosa volevi fare? Perché hai rischiato la vita?" Si mette a sedere, attirandomi in grembo; poi mi scuote. "Ti sei fermata a pensare?"

Ma che cazzo? Ho appena salvato la vita a questo stronzo! "Dovevo fare qualcosa". Mi afferro alle sue braccia e gli urlo in faccia. "Tutti stavano lottando... io volevo aiutarti!"

"Dovevi restare al sicuro!" Il suo ruggito fa volare all'indietro i miei capelli già tutti scompigliati.

"Mentre gli alieni cercavano di distruggerci? Non credo proprio".

"Ulf, Kim!" È così furioso che gli tremano le braccia. Mi lascia andare per infilarsi una mano tra i capelli, stringendosi la testa mentre mormora: "Non puoi farmi questo".

"Farti cosa?" ringhio.

"Giocare con la tua vita".

Sto per ribattere che niente di tutto quello era un gioco, quando si ferma e inizia ad ansimare come se avesse un infarto.

"Non posso... non posso..." Digrigna i denti, sembrando

dolorante, come se tutta questa conversazione gli stesse causando un forte mal di testa. Linee profonde solcano la sua fronte dorata.

"Non puoi cosa?"

Abbassa la testa e chiude gli occhi per un momento. Muove le labbra, e io mi avvicino per capire cosa sta dicendo. La battaglia nel cielo è ancora in corso, in lontananza, ma il fumo e i suoni sono improvvisamente lontani.

Ci siamo solo io e Aurus, in un bozzolo di nostra creazione, e i nostri respiri condivisi.

"Non posso... perderti".

"Perché?" Non riesco a non far trapelare l'asprezza dalla mia voce. "Perché sono la tua piccola omega perfetta?"

"No", ringhia, e mi dà un'altra forte scossa. Segue una pausa. "Perché sei il mio tutto".

I suoi polpastrelli stanno affondando nelle mie braccia con così tanta forza che potrebbero lasciarci dei lividi, ma a malapena avverto il dolore. Il cuore mi batte furiosamente nel petto. "Cosa?"

"Kim..." Mi accarezza una guancia con mano tremante, mentre il panico nella sua espressione inizia a svanire. "Devi capire. Ti rendi conto di cosa accadrebbe, se ti perdessi?"

"Dovresti prendere un'altra omega?"

Scuote il capo. Mi prende a coppa il viso, mentre la sua tenera espressione mi fa trattenere il respiro. "No. No". Il suo sguardo mi inchioda. Ogni parola che pronuncia è pesante come un masso. "Non sopravvivrei alla tua perdita".

Non sono sicura di aver sentito bene. È come se il cuore stesse cercando di saltarmi fuori dal petto.

"Kim. Devi capire". Mi accarezza le guance con i pollici, mentre mi fa scorrere le altre dita tra i capelli. "Sei la mia altra metà. Tu sei la mia anima. Tu. Sei. Il. Mio. Tutto".

Dimentico di respirare mentre fisso il suo bel viso,

mentre metabolizzo questa affermazione, cercando di vedere se sta dicendo la verità.

Il suo sguardo è insondabile, la sua stessa anima messa a nudo per me.

Diceva sul serio, ogni parola.

La gioia che invade il mio petto è diversa da qualsiasi cosa io abbia mai provato. Con un grido, mi lancio verso di lui. Mi solleva, andando incontro alla mia bocca con la sua. Le nostre labbra si chiudono in un bacio feroce e tenero allo stesso tempo. Le mie mani sono frenetiche, mentre lo attirano a me. La sua risatina è smorzata dal nostro bacio e poi dal lieve morso che gli do sulle labbra, quasi a punirlo per aver trovato la cosa divertente.

Il suo ringhio risuona in entrambi. Gli avvolgo le gambe intorno alla vita, bloccando le caviglie dietro di lui, con la fica che mi duole per un desiderio improvviso e dilaniante. Ho bisogno di lui dentro di me. Adesso.

Strappa il mio vestito già sbrindellato. Brandelli di tessuto svolazzano a terra.

Si sdraia lentamente, portandomi con sé. Finisco col mettermi a cavalcioni su di lui, strofinando il mio sesso liscio sul suo duro membro.

Mostra i denti. "Non devi mai più seguirmi in battaglia".

"Stavi combattendo... stavi per essere ucciso", ribatto, continuando a strofinarmi contro di lui. "Pensi che potessi restarmene semplicemente lì a guardare?"

"Dovevi farlo. Sei troppo preziosa per me. Non puoi più combattere. Te lo proibisco!"

Cerca di afferrarmi i capelli, ma le ciocche sono così corte che riesco ad allontanare facilmente la testa. "Non puoi impedirmi di essere quella che sono", mormoro.

"Ulfdannazione!" ruggisce e si gira, inchiodandomi sotto di sé, con la sua enorme mano che mi stringe entrambi i polsi. "Ti rinchiuderò nei miei alloggi. Ti incatenerò al letto".

"E io aprirò la serratura", dico compiaciuta, anche se un po' senza fiato. "E allora *ti* incatenerò. Vediamo se ti piacerà, stronza".

"Provaci".

"Non ce la farai".

Geme, abbassando la testa e premendo le labbra nel punto tenero dove il mio collo si congiunge alla spalla. La ferita pulsa di un dolore delizioso. "Ti amo così tanto".

Il calore sboccia attraverso di me. Sento che il mio cuore potrebbe scoppiare. "Ti odio... solo un po'". Sto cercando di togliermi il sorriso dal volto. "Di meno ogni giorno che passa".

"Mi guadagnerò il tuo amore", giura. La sua mano enorme mi sfiora la parte inferiore della gamba, agganciandosi al ginocchio e alzandolo in alto. La mia fica bagnata si apre a lui, e il suo membro duro è proprio lì, vicino all'ingresso.

Rabbrividisco e mi dimeno mentre lui si spinge dentro, allargandomi. Si ferma, e io giro la testa e gli mordo un braccio, per punirlo perché va troppo piano. Non posso aspettare oltre.

Geme e si distende completamente tra le mie gambe, mentre il familiare bruciore mi scalda il sesso. "La mia omega".

"Il mio alfa", rispondo, ringhiando. "Mio".

"Mi odi, adesso?" Dà una forte spinta.

"Sì..." ansimo, mentre un'ondata di piacere giunge fino al mio inguine. "Forse..."

"E adesso?" Ruota i fianchi, catturando il mio clitoride. Chiudo gli occhi, mentre la fica si stringe nell'attimo in cui la sensazione, pulsando, mi pervade.

Ci vuole un po' prima che io possa rispondere: "Un po' di meno. Non fermarti. Questo aiuta". Sembro ubriaca.

Libero le mani e gli conficco le unghie nella schiena. Il bulbo si sta già formando, unendoci insieme. Non c'è niente come il sesso con Aurus.

Niente.

Per un po', non esiste altro che il su e giù dei nostri corpi, i grugniti, i gemiti e i brividi mentre ci perdiamo l'una nell'altro.

Una volta sazi, io resto sdraiata mollemente sotto di lui sulla sabbia, a fissare il cielo striato di fumo, con un enorme sorriso stampato in faccia. C'è un calore nel mio cuore, una fiamma tenue e guizzante. Corrisponde al calore dei miei lombi, ma, in qualche modo, so che questo fuoco del cuore durerà più a lungo.

Il calore bramoso del mio estro sta già svanendo. Questa è la cosa positiva riguardo alla spirale: sembra che annulli quanto basta l'effetto del siero omega.

Un giorno, farò in modo che i *maghi* la rimuovano di nascosto. Lascerò che arrivi il calore e salterò addosso ad Aurus. Sarà una grande sorpresa per lui.

Fino ad allora, mi piace il mio estro così com'è. Breve e dolce. Dopotutto, ho delle cose da fare. Cortigiane da emancipare. Skimmer da pilotare. Battaglie da vincere.

Aurus sta strofinando la sua testa contro la mia, mentre il suo profumo mi ricopre la pelle e mi colma il petto. "Adoro i tuoi capelli", borbotta.

"Davvero?"

"Mmm..."

Mi afferro al suo petto, cercando di tirarmi su. Il bulbo si sta già ammorbidendo, mentre il suo pene scivola via da me. "Pensavo che li detestassi".

Emette uno sbuffo. "Li detestavo... all'inizio. Ma ora non

riesco a immaginarti in nessun altro modo. Sei così diversa...
mia piccola guerriera!"

Il mio sorriso si allarga. Aurus sembra ubriaco come mi
sento io. "Chi chiami 'piccola'"? Fingo indignazione.

"Tu. Sei così piccola!". Mi afferra un polso e mi bacia il
palmo della mano. La sua lingua sfreccia al centro prima
che io la tolga via. Se inizia a leccarmi, vorrò leccarlo... e
chissà cos'altro. E noi abbiamo delle cose da fare.

"Solo rispetto a te". Stringo un pugno e do un colpo al
suo enorme bicipite. Finge di ruggire per il dolore e io rido
perché la sua reazione è così palesemente falsa.

Abbassa di nuovo i fianchi, inchiodandomi le mani sulla
sabbia mentre fingo di lottare. Sospiro quando il suo peso si
posa su di me. È questa la perfezione.

"No", dice alla fine Aurus. "Non sei l'omega che mi
aspettavo".

Mi mordo il labbro. Mi sto stufando di sentirglielo
dire.

Strofina la sua guancia contro la mia e si appoggia allo
schienale per trafiggermi con il suo sguardo ambrato. "Ma,
Kim, tu sei esattamente ciò di cui avevo bisogno".

Deglutisco a fatica. "Davvero?"

"Sei tutto ciò che non sapevo di poter desiderare. Meglio
di quanto avrei potuto immaginare... o sognare".

Un tremore mi scuote e mi si inumidiscono improvvisamente gli occhi. Dannazione, sto diventando troppo scirop-
posa! Chi poteva immaginare che desiderassi ardentemente
sentire il mio grosso stronzo dorato dirmi questo? "Non sarò
mai una cortigiana dolce e remissiva", lo avverto sbattendo
le palpebre furiosamente. "Non sono il tipo".

"Sei dolce con me", dice con voce suadente, sfiorandomi
il collo. Lecca il morso e una scossa di doloroso piacere mi
attraversa. Sento le membra deboli. Ancora un secondo, e

non sarò in grado di resistergli; così gli do uno schiaffo. "Smettila".

Cattura la mia mano offensiva e la bacia. "Quando prendi il mio pene, sei sottomessa".

"Smettila", sbuffo. Mi sto bagnando di nuovo tantissimo. "Sai cosa voglio dire: non sono certo colta e raffinata". Mimo l'azione di bere il tè con il mignolo alzato, il che è stupido, perché Aurus probabilmente non ha idea di cosa sia una tazza da tè.

"Sei perfetta".

Apro la bocca per discutere, ma la richiudo. Dopotutto, perché dovrei discuterne? "Continua..."

"Sei bella e saggia. Una guerriera forte e abile, anche se minuscola".

"E mi ribello a te", aggiungo strizzando l'occhio. "Dio sa se ne hai bisogno".

"Su questo non concordo".

Rido.

"Sei perfetta per me. La mia piccola, forte omega. La mia regina".

Un combattente del cielo viola sfreccia sull'arena, con il vento che sibila nella sua scia. Raffiche di sabbia intorno a noi. Ci raggomitoliamo l'una nell'altro, proteggendo i nostri volti con il corpo dell'altro.

Quando la raffica si è calmata e la sabbia si è depositata, Aurus alza la testa per scrutare il cielo.

"La battaglia è finita", dice. "Devo andare".

Gemo un po' quando non sento più il suo delizioso peso. Mi metto a sedere, scrollandomi la sabbia dai capelli, spazzolandoli con le dita. "Dove stai andando?"

"Io sono il re. Devo assicurarmi che il mio popolo stia bene e rimettere in sesto il regno". Si gira verso lo skimmer rotto e, scuotendo mestamente la testa, si allontana. Mentre si avvia verso l'uscita, calcia da parte il suo elmo ammaccato.

Mi occorre un secondo per alzarmi in piedi, ma solo perché sono troppo occupata a sbavare sul bel fondoschiena muscoloso fasciato dai calzoni di Aururs.

"Aspetta!" Gli corro dietro. Rallenta e io scivolo sulla sabbia fino a fermarmi davanti a lui. "Vengo con te".

Apre la bocca per ribattere e io gli punto un dito in faccia. "Mi hai appena detto che sono la tua regina. Una regina ozia in un palazzo mentre la sua gente sta soffrendo? O va ad aiutarla?"

Mi lancia un'occhiataccia.

Gli lancio un'occhiataccia a mia volta. "Rifletti, prima di rispondere". Il mio ringhio è intimidatorio come quello di un qualsiasi alfa.

"Vorrei che tu restassi qui", borbotta. "Potrebbe essere pericoloso".

"Tu mi terrai al sicuro. E io ti proteggerò. Possiamo contare l'uno sull'altra. Questo è ciò che significa essere pari in una relazione".

"Molto bene, Kim mia". Mi accarezza la guancia. "Ma prima ci fermeremo nei nostri alloggi per prendere dei vestiti puliti".

"D'accordo". Meno male che ho già modificato tutti i miei abiti lunghi in qualcosa di più pratico.

C'è un calore che sboccia nel mio petto, che apre i suoi petali, sbocciando sempre di più... finché tutto il mio essere si crogiola nel perfetto appagamento del cuore. È più profondo e più dolce della semplice felicità. Pesante e leggero allo stesso tempo.

Premo la mano tra i seni. "Sento... è questo il legame delle anime?"

"Sì". Aurus si china, così siamo faccia a faccia. "Sì, è questo, amore mio".

Amore. Ecco che cos'è. Emma aveva ragione: sembra proprio di tornare a casa. "Lo sento", sussurro.

"Lo sento anch'io". Pone la sua grande mano sulla mia, accarezzandomi le dita con infinita dolcezza. "Pensavo che non volessi il legame".

"Non è poi così male", ammetto.

"No?"

"Posso conviverci", dico disinvolta, decidendo che ne ho abbastanza di questa roba sdolcinata. "Adesso andiamo". Gli do una pacca sulla spalla possente. "La tua gente sta aspettando". Voglio assicurarmi che le ragazze beta – Juno, Lenah e le altre – stiano bene in città.

"Sì, piccola regina". Si raddrizza. "Ma dopo…" Il suo uccello pungola il mio fianco, duro e pesante. Potrebbe bastonare un chitin con quella cosa lì.

"Certamente". Sorrido. "Andiamo a cambiarci, e poi il primo che arriva allo skimmer si mette alla guida!" Mi avvio verso l'ingresso del palazzo, con il ruggito di Aurus che mi segue.

"No! Kim! Ferma!" Cerca di correre, ma è evidente che la sua enorme erezione lo rallenta. "Tu, piccola…"

La fine del suo grido è soffocata dalla mia risatina. Entro nel palazzo e corro dietro l'angolo, ma riesco ancora a sentire Aurus attraverso il legame delle anime: la sua frustrazione, la sua eccitazione e, ancora più profondamente del suo forte desiderio, il suo amore.

Lui starà con me, per sempre. E io starò con lui.

Per sempre.

EPILOGO

Kim

"Mia regina". Una voce profonda risuona sulla sabbia.

Mi volto, distogliendo l'attenzione dal manichino da allenamento cui le sto suonando.

Aurus sta attraversando l'arena verso di me. "Immaginavo di trovarti qui".

"Ehi", dico, posando la spada. Ho bisogno di una pausa, comunque. Le mie braccia tremano per lo sforzo compiuto per sferrare i miei colpi di taglio.

Mi tolgo l'elmo e alzo la testa. I miei corti capelli probabilmente sono tutti appiccicati, ma va bene così. Ora che Aurus è abituato al mio taglio arruffato da folletto, sembra adorarlo. "Sei venuto qui per battermi?"

"Forse più tardi". Il suo sguardo vaga sul mio corpo, e fiamme affamate tremolano nei suoi occhi.

Nelle ore successive all'attacco dei chitin, Aurus ed io siamo stati davvero una squadra. Abbiamo volato per tutta Aurum, prestando aiuto, dirigendo gli alfa. Ho avuto modo di visitare le ex cortigiane, che vivono felicemente nelle loro nuove case in città. Aurus mi ha presentato ai magistrati del regno e al suo popolo come loro nuova regina.

Sono passate le settimane e lentamente la vita del regno e del palazzo è tornata alla normalità. Temevo che Aurus tornasse alle sue vecchie abitudini. Una mattina, mi sono svegliata da sola e ho pensato che i miei timori si fossero avverati.

Poi le porte si sono aperte e Aurus era lì in piedi, a presentarmi una prova della sua devozione: un'intera gamma di armi ed equipaggiamenti da combattimento, incluso un set di armature a misura di Kim, modificato appositamente per me. Quando ne indosso una, sembro una mini alfa. La prima volta Aurus ha pensato che fossi così carina che è scoppiato a ridere. Ho usato la distrazione a mio vantaggio e l'ho colpito con una spada da addestramento di legno.

Ho quasi vinto quello scontro. Sto migliorando nei combattimenti, ora che Aurus mi sta allenando. Passo la maggior parte del mio tempo libero a esercitarmi.

Il mio passatempo preferito, ovviamente, è combattere con Aurus prima di andare a letto. Lo facciamo nudi. Non ho idea di chi vinca quegli incontri, soprattutto perché, dopo il mio quarto o quinto orgasmo, non mi interessa più.

"Sei sicuro?" lo stuzzico. "Se vinci tu... farò uno spogliarello sexy. Se vinco io, avrò il mio skimmer personale".

"Assolutamente no".

"Allora devi battermi, in modo leale..." Inizio a togliermi l'armatura. Forse, se lo distraggo con il mio corpo, riuscirò a vincere.

Per un momento funziona... poi sbatte le palpebre e scuote la testa, riprendendo visibilmente il controllo. "Ho una notizia!"

Poso il pettorale. "Una buona notizia?"

"Più o meno. Vieni". Si siede sulla pedana, recentemente ricostruita, e mi tende una mano. Alzo gli occhi al cielo, ma praticamente salto verso di lui. È ancora prepotente come sempre. Non importa. La cosa un po'mi piace.

"Sono appena tornato da un incontro con Khan", annuncia. "Abbiamo preso una decisione sul programma Omega".

Oh. Mi mordo il labbro. "Ok". Mi preparo.

"Metteremo in pausa il programma finché non riusciremo a trovare un modo per selezionare le umane da prelevare".

"Cosa? Sul serio?" Non avevo quasi osato sperare che Khan e Aurus ci avrebbero ascoltato, quando Emma ed io abbiamo loro elencato le nostre preoccupazioni.

"Sì". Mi passa una mano sulla testa, quasi come se stesse coccolando un gattino. Ma non mi dà fastidio. Premo la testa contro la sua spalla e gli sfioro il naso, lasciando che lui mi accarezzi. "Agli altri re non piacerà, ma è la cosa più giusta da fare".

Gli salgo in grembo e gli prendo a coppa il viso. "Grazie. E grazie anche a Khan". Non vedo l'ora di parlarne con Emma. "Questo significa molto per noi". E per le donne umane che non verranno rapite. Emma ed io siamo felici qui, ma vogliamo che le donne possano scegliere.

Sfioro le mie labbra contro le sue, pronta a mostrare quanto sono felice. Mi bacia, ma poi si ritrae, il viso cupo.

"Ho un'altra notizia, però. A proposito dell'attacco dei chitin. Gli ingegneri hanno catalogato i rottami e, così facendo, hanno trovato alcuni piani con informazioni dettagliate che non avrebbero dovuto essere in loro possesso. Sembra che il nemico avesse le coordinate che potevano aiutarlo a localizzare il nostro palazzo e la capitale, Aurum.

Inoltre, c'erano prove di una trasmissione di comunicazioni dal nostro pianeta alle loro navi".

Sbatto le palpebre, mentre la mia mente vacilla, cercando di capire cosa sta dicendo Aurus. "Cosa significa?"

"Qualcuno era in contatto con i chitin. Qualcuno qui, su Ulfaria. La stessa persona – così crediamo Khan ed io – che ha manomesso le nostre difese per consentire ai chitin di entrare nella nostra atmosfera.

"Santo cielo!" Prendo un lungo respiro. "L'attacco è stato un lavoro interno? Ma perché?" Chi, su Ulfaria, vorrebbe che i chitin attaccassero il proprio stesso pianeta?

"L'ipotesi più probabile è che l'attacco dei chitin non sia stato un attacco ad Aurum. Era un diversivo".

Questa è una cospirazione di livello superiore. "Per distrarci da cosa?"

"Durante l'attacco, c'è stata un'interruzione nelle torri dei maghi. Sembra che uno dei maghi abbia rubato delle informazioni segrete. Ha ucciso molti dei suoi "colleghi" ed è fuggito. Ora non si trova da nessuna parte".

"Cosa ha rubato?"

"Tra le altre cose, il siero omega". Aurus mi accarezza di nuovo la testa. "Kim, c'è di peggio: crediamo che abbia già aperto un portale e portato altre u-man e iniettato loro il siero. Mi si gela il sangue e, allo stesso tempo, è come se bruciasse. "Oh, cazzo!" Inorridita, mi porto una mano alla bocca. "Dobbiamo trovarle..."

"Sì, certo". Aurus sembra cupo. "Staremo in guardia. Ma dobbiamo stare attenti a cercare senza allertare tutti i re".

"Aspetta, perché?"

"Perché non si fermeranno davanti a nulla, pur di trovare le omega per primi. E quando le avranno trovate..."

Merda! La risposta è tanto ovvia quanto terrificante: "Le reclameranno".

Annuisce, gravemente. "E non ci sarà niente che potremo fare".

Haley

STO FACENDO UN SOGNO STRANISSIMO: sono sdraiata su una specie di prato bagnato di rugiada, con l'umidità che, da sotto, filtra nella mia pelle. Quella che sembra essere una foglia di felce mi sfiora il viso. È notte, ma il cielo è luminoso grazie alla luce della luna. No... *cinque* lune. Cinque? Ma che cazzo?

Mi passo una mano sulla testa e le mie dita restano impigliate. I capelli si sono aggrovigliati durante il sonno. All'improvviso, qualcosa mi morde la coscia nuda e io cerco di colpirlo, ma lo manco. Una sorta di insetto luminoso sfreccia via, però è più grande e ha l'aspetto più malvagio di qualsiasi insetto abbia mai visto prima. Ed era rosso vivo. Decisamente diverso da qualsiasi insetto luminoso abbia mai visto.

Mi gratto la gamba. Qualunque cosa fosse, mi ha morso e mi ha fatto davvero male. Il che mi sconcerta, ma ciò che mi sconcerta ancora di più è quello che il forte pizzico non mi ha fatto.

Non mi ha svegliata.

Il che significa che sono già sveglia.

Questo non è un sogno. Sta succedendo davvero.

Dove sono?

Mi siedo, con le membra umide doloranti, cercando di orientarmi. C'è un battito incessante nel mio cranio e un sapore amaro in bocca. Vorrei avere qualcosa di fresco da bere.

Un ramo si spezza e io mi giro di scatto, con il cuore che mi martella improvvisamente nel petto. Una forma spettrale si fa strada tra i cespugli e si ferma barcollando accanto a me. Sembra esausta.

"Ulf", esclama con voce acuta. La nuova arrivata indossa una leggera tunica di colore chiaro che le sfiora la parte superiore delle cosce. E nient'altro. L'abito è alquanto trasparente.

La donna tira indietro i suoi lunghi capelli per guardarmi a bocca aperta. Gli occhi sono un po' troppo grandi per il suo viso. E le sue orecchie... sono appuntite. Come quelle di un elfo.

Forse sono a una specie di festa in maschera... e ho bevuto troppo? Questo spiegherebbe lo stordimento. Ma questo non spiegherebbe perché sembra che non stia parlando inglese.

"Uhm", riesco a dire. Le mie labbra mi sembrano troppo grandi per il mio viso.

Prima che io possa chiedere dove sono e cosa ci faccio qui, la donna si avvicina, i suoi enormi occhi sbarrati.

"Cosa stai facendo?" sibila. "Non puoi restare qui. Gli alfa stanno arrivando! Dobbiamo scappare!" Allunga un braccio e mi afferra una mano; poi mi avvolge le dita lunghe e sottili attorno al polso e mi trascina via nella notte.

Cattura brutale con un clic, ora...

CAPITOLO EXTRA ESCLUSIVO!

Vuoi leggere ancora di Kim e Aurus? Iscriviti alla newsletter di Pianeta dei re QUI (https://geni.us/omegaversefreebieIT) e ricevi come bonus speciale una novella che non è disponibile da nessun'altra parte!

Cosa dai a un re che ha tutto? Kim ha un'idea...

VUOI LEGGERE ANCORA DEL PIANETA DEI RE?

Compagno brutale - La storia di Emma e Khan

Rivendicazione brutale - La storia di Kim e Aurus

Cattura brutale - Haley e il Re cacciatore

Bestia brutale - Rose e il Re delle bestie

Un regalo per l'alfa - Brevissima novella bonus con Kim e Aurus, con un cameo di Emma e Khan

Puoi iscriverti per ricevere la storia GRATUITAMENTE qui: https://geni.us/omegaversefreebieIT

A PROPOSITO DI TABITHA BLACK

Tabitha Black, autrice di bestseller di USA Today, scrive storie d'amore kinky da oltre quindici anni. Mentre i suoi primi romanzi erano storici, ha poi scoperto le gioie dello scrivere libri più contemporanei, con una maggiore enfasi sul BDSM, come anche la narrativa più dark ed edgy. Le sue ultime incursioni sono nel dark romance paranormale, incluso l'affascinante mondo dell'Omegaverse M/F.

Ha un debole per il buon caffè, gli uomini forti e dominanti e i tatuaggi.

A Tabitha piace ricevere posta; quindi, se vuoi contattarla, scrivile su tabitha_black@hotmail.com. Puoi anche iscriverti alla sua newsletter, seguirla su BookBub o unirti alla sua pagina Facebook. Grazie per la lettura!

Non perderti questi altri entusiasmanti libri di Tabitha Black!

A PROPOSITO DI LEE SAVINO

Lee Savino è un'autrice bestseller di smexy romance negli Stati Uniti di oggi. "Smexy" sta per "smart e sexy". Trovala nel Goddess Group su facebook e scarica gratuitamente un libro su www.leesavino.com!

La trovi su:
www.leesavino.com

Vuoi altri alfa ringhiosi? Dai un'occhiata alla Saga dei Berserker. Inizia con *Venduta ai Berserker*.

Ricordati di scaricare il tuo libro gratuito su www. leesavino.com

ALTRI ROMANZI DI LEE SAVINO
ROMANCE CONTEMPORANEO

Romanzo Paranormale

La Saga dei Berserker. Questi valorosi guerrieri non si fermeranno di fronte a niente per rivendicare le loro compagne...Comincia con Venduta ai Berserker

Alfa ribelli, con Renee Rose (cattivi ragazzi licantropi) – comincia con Tentazione Alfa.

Romanzi Contemporanei

La bella e i boscaioli
Dopo quest'ultima stagione di taglio del bosco, chiuderò con il sesso. Per... un certo numero di ragioni.

Il principe scapestrato
Non mi innamorerò del mio arrogante e irritante capo che si proclama dio del sesso. No. Neanche per sogno.

Il Mio Daddy È Un Marine

Il mio fichissimo eroe dei marine vuole che lo chiami papà...